절망을 넘어서
날아온
우리의 약속

모노레일

**절망을 넘어서
날아온
우리의 약속
❷**

초판 1쇄 발행 2025. 10. 14.

지은이 김광현
펴낸이 김병호
펴낸곳 주식회사 바른북스

편집진행 김재영
디자인 최다빈
마케팅 송송이 박수진 박하연

등록 2019년 4월 3일 제2019-000040호
주소 서울시 성동구 연무장5길 9-16, 301호 (성수동2가, 블루스톤타워)
대표전화 070-7857-9719 | **경영지원** 02-3409-9719 | **팩스** 070-7610-9820

•바른북스는 여러분의 다양한 아이디어와 원고 투고를 설레는 마음으로 기다리고 있습니다.

이메일 barunbooks21@naver.com | **원고투고** barunbooks21@naver.com
홈페이지 www.barunbooks.com | **공식 블로그** blog.naver.com/barunbooks7
공식 포스트 post.naver.com/barunbooks7 | **페이스북** facebook.com/barunbooks7

ⓒ 김광현, 2025
ISBN 979-11-7263-617-3 03810

•파본이나 잘못된 책은 구입하신 곳에서 교환해드립니다.
•이 책은 저작권법에 따라 보호를 받는 저작물이므로 무단전재 및 복제를 금지하며,
이 책 내용의 전부 및 일부를 이용하려면 반드시 저작권자와 도서출판 바른북스의 서면동의를 받아야 합니다.

김광현 지음

절망을 넘어서 날아온 우리의 약속

② 모노레일

바른북스

목차

프롤로그　　2003년 7월 7일 PM 20시
　　　　　　2003년 7월 7일 PM 14시 17분

1. 곤충 박물관 오픈

2003년 7월 7일 월요일 AM 7시 ·················· 15
2003년 7월 7일 월요일 AM 7시 30분 ·············· 17
2003년 7월 7일 월요일 AM 8시 ·················· 20
2003년 7월 7일 월요일 AM 8시 30분 ·············· 22
2003년 6월 8일 일요일 AM 11시 ················· 25

2. 시외버스 터미널

2003년 7월 7일 월요일 AM 7시 ·················· 29
2003년 7월 7일 월요일 AM 7시 20분 ·············· 32
1996년 6월 16일 일요일 PM 20시 ················ 36
2003년 7월 7일 월요일 AM 7시 45분 ·············· 41
2003년 6월 11일 수요일 PM 12시 30분 ············ 47

3. 곤충 박물관으로

2003년 7월 7일 월요일 AM 7시 50분 ·· 53

2003년 7월 7일 월요일 AM 8시 ·· 56

2003년 7월 7일 월요일 AM 8시 30분 ·· 58

2003년 7월 7일 월요일 AM 8시 50분 ·· 61

2003년 6월 16일 월요일 PM 21시 ·· 64

4. 휴게소

2003년 7월 7일 월요일 AM 9시 50분 ·· 69

2003년 7월 7일 월요일 AM 9시 55분 ·· 71

2003년 7월 7일 월요일 AM 10시 ·· 75

2003년 7월 7일 월요일 AM 10시 5분 ·· 79

2003년 6월 21일 토요일 PM 14시 ·· 85

5. 도착한 곤충 박물관

2003년 7월 7일 월요일 PM 13시 ······ 91
2003년 7월 7일 월요일 PM 13시 30분 ······ 96
2003년 7월 7일 월요일 PM 13시 40분 ······ 101
2003년 7월 7일 월요일 PM 16시 ······ 106
2003년 6월 23일 월요일 PM 15시 ······ 115

6. 방화범

2003년 7월 7일 월요일 PM 17시 ······ 119
2003년 7월 7일 월요일 PM 17시 30분 ······ 130
2003년 7월 7일 월요일 PM 17시 40분 ······ 134
1989년 6월 12일 월요일 PM 17시 ······ 139
2003년 7월 7일 월요일 PM 18시 10분 ······ 161

7. 나아가는 모노레일

2003년 7월 7일 PM 18시 ··· *167*

2003년 7월 7일 PM 18시 5초 ··· *177*

2003년 7월 7일 PM 19시 15분 ·· *184*

2003년 7월 7일 PM 19시 20분 ·· *188*

2003년 7월 7일 PM 21시 ··· *205*

에필로그　　1989년 7월 10일 월요일

　　　　　　1999년 6월의 어느 날

　　　　　　2003년 7월 16일 수요일 PM 12시

　　　　　　2003년 7월 8일 PM 24시

　　　　　　1989년 7월 11일 화요일 AM 7시

프롤로그

2003년 7월 7일 PM 20시

병원에 있는 우찬 님에게

안녕하세요, 우찬님. 치료는 잘 받고 계신가요?
드릴 말씀이 있는데 이렇게 문자로 대신합니다.
이해해 주세요.

저는 항상 남에게 진심을 강요하고 살아왔지만
사실은 제가 잘못한 것들에 대한 도망이었다고 생각을 해요.
오늘 난간 위에 올라간 당신은
한 손에 라이터를 들고 저를 위협했죠.

하지만 1년 전부터 이미 알고 있었습니다.
당신은 남에게 그럴 사람이 아니라는 걸.
어떤 사정이 있어서 절벽에 몰렸는지는 모르지만
결국 자신을 지켜냈습니다.

올가미라는 한마디에 주먹이 나가버리고
평소에 그렇게 챙기던 책도 떨어뜨리고

실수투성이의 제 인생은
제대로 갈 생각이 없다 해도 괜찮습니다.

저로 인해 상처받은 당신이 일어나길 바라며
포기하려던 삶도 다시 부여잡고
이번엔 저도 정말 진심으로
그 마음을 지키겠습니다.

오늘 만난
성훈이라는 사람이 쓴 소설 속에서
저는 당신을 뒤에서 조종한 악역이 되려 합니다.
부디 저를 믿어주세요.

어둠을 두려워하지 않는 노을처럼
저도 그렇게 살아가겠습니다.

2003년 7월 7일 PM 14시 17분

점심을 먹고 왠지 나른해지는 오후의 교실.
5교시가 끝나고 졸린 눈을 비비던 학생들은 담임이 아닌 다른 반의 한영 선생이 들어와서 심각한 표정으로 착석하라고 말을 하자 귀찮으면서도 이상함을 느껴 일단 술렁이며 자리에 앉았다.

"담임선생님은요?"

한영은 규재 선생에게 전화를 받고 당황스러웠지만 도와주지 않으면 직업을 잃어버릴 수도 있다는 생각이 들어서 학생들을 설득해야 했다.

"저기 얘들아. 지금 너희 담임선생님이 곤란한 일이 생겨서 지방을 잠시 다녀와야 하거든. 그래서 무리한 부탁이지만 오늘 너희 선생님이 수업 들어가는 반을 전부 찾아가서 친구들에게 사정을 설명하고 선생님이 온 것처럼 해줄 수 있어? 내가 선생님들께는 말해놓을게. 교장 선생님이 알면 안 돼."

"선생님이 많이 어려운 상황인가요?"

"너희 담임선생님은 지금 친구 한 명을 구하러 가고 있단다. 어쩌면 그 친구가 오늘 죽을지도 몰라."

"…."

"이건 너희가 앞으로 살아갈 미래와도 상관이 있는 거 같다. 뭔가를 지키기 위해 담임선생님이 용기를 내고 있는 거야."

"…."

"선생님 말 무슨 뜻인지 알겠지?"

장난이라고 확신한 학생들은 웃으며 다 같이 외쳤다.

"아니요~!!"

화창한 날씨의 개울가에서 헤엄치던 물방개는 그 소리에 놀랐는지 방향을 바꿨고 물에 발을 담그고 가위바위보를 하고 있는 아이들의 모습도 작아져 갔다.
 그들로 인해 항상 흔들리는 격한 수면이 항상 싫었다.
 하지만 한편으론 그들이 그립고 아름다워서 언제나 찬란하길 바랐다.
 물방개에게 이건 그런 이야기일지도 모른다.

1. 곤충 박물관 오픈

2003년 7월 7일 월요일 AM 7시

아련한 더위 속에서 불어오는 미약한 시원함을 가진 바람을 직원버스의 살짝 열린 창문 사이로 느끼던 수연은 저 멀리서 점점 커져오는 곤충 박물관의 모습을 보며 심장 박동이 서서히 빨라지기 시작했다. 그건 마치 퍼레이드의 리듬과 비슷했다. 산중에 위치한 곤충 박물관의 입구로 향하는 살짝 높은 경사의 도로는 그런 수연의 감정을 더욱더 끌어 올리고 밀어 올렸다.

곤충 박물관의 입구 안으로 들어온 직원버스는 전용 주차장으로 향했고 곧 요란한 소리를 꺼트렸다.

"도착했습니다."

직원들은 각자의 짐을 챙긴 뒤 나가는 순서를 눈치 있게 양보하며 일어났고 서서히 열리고 있는 직원버스 앞문의 압력밥솥 김 빠지는 소리를 들으며 내릴 준비를 했다.

"저 소리 들으니까 벌써부터 배고프네."

"버스에서 간식 많이 드셨잖아요."

곤충 박물관에서 같이 일하는 용민 선배는 제일 먼저 땅에 발을 디딘 뒤 기지개를 켜며 더듬이가 달린 개미 얼굴 모양의 거대한 곤충 박물관을 바라봤다.

"항상 느끼지만 저 건물은 참 잘 만들었어."

"네?"

뒤따라 내린 뒤 따라서 기지개를 켜던 수연은 선배의 말에 자동적으로 반응했다.

그리고 선배는 간식을 얼마나 먹었는지 그걸 이 자리에서 소화시키겠다는 듯 장난스러운 눈빛으로 말을 이었다.

"너도 기억하겠지만 지방 발전을 위해 박물관 개발이 주목을 받았고 결국 확정되었지만 건물 디자인을 구상하던 담당 건축가는 스트레스가 심했어. 주변에서는 네모난 건물로 세련되게 만들라고 했고 본인은 틀에 박힌 걸 싫어했지. 그러던 어느 날 집에서 건축가가 의욕 없이 쉬고 있었는데 불개미가 어디서 들어왔는지 책상 위로 올라오더니 고민도 없이 그의 손가락을 물어버렸어. 웃긴 건 그 순간 건축가는 이거다 싶어서 바로 결정했다지."

"맞아요. 정말 엉뚱한 분이시죠."

"자신의 손가락을 문 불개미를 건축의 전면으로 내세우다니 뭐 영감이란 게 그런 거겠지?"

"네. 그래서 그 불개미는 저렇게 입을 벌리고 환하게 웃고 있는 거고요."

"하하! 그래. 그리고 우린 저 입속으로 들어가서 일을 해야 하지."

"건축가를 공격한 불개미의 입속에서 말이죠. 그럼 가볼까요."

두 사람은 매일 일하는 지겨운 공간일 수도 있는 일터가 마치 호기심과 모험이 넘치는 곳이라도 된다는 것처럼 즐겁게 임하고 있었다.

"오늘은 어떤 모험가들이 찾아올까."

탈의실에 제일 먼저 들어온 수연은 콧노래를 부르며 빨간색의 단정한 반팔 근무복으로 갈아입었고 정수기 옆에 달린 종이컵을 꺼내 물을 마셨다. 그리고 조금 뒤 하나둘씩 출근하는 동료 여직원들과 인사를 나눴다.

출근길이 얼마나 더웠는지 자가용을 타고 빵빵한 에어컨 바람을 쐬면서 왔다거나 편의점에서 아침부터 팥빙수를 허겁지겁 먹은 뒤 왔다거나 하는, 여름을 어떻게든 이겨보려 한 동료들의 무용담이 쏟아져 나왔고 수연은 그 순간 누군가가 떠올라 핸드폰을 쥐고 탈의실 문을 열었다.

"그러고 보니 에어컨 바람이랑 팥빙수 좋아하는 사람이 또 있었지. 오늘 온다고 했지?"

2003년 7월 7일 월요일 AM 7시 30분

수연은 사람이 없는 계단에서 핸드폰 다이얼을 누르고 창문 너머로 보이는 뜨거운 하늘을 바라보며 기다렸다. 남자친구가 전화를 받는 속도와 저 하늘의 하얀 그릇에 구멍이 나 애써 모아져 있던 파란 희망이 세어버리는 속도 중 뭐가 더 빠를까?라는 엉뚱한 상상을 하면서.

"응, 자기야~!"

역시 전화를 받는 속도가 더 빠른 게 좋다고 생각한 수연이었다.

"강혁 씨, 오늘 온다며?"

"응. 지금 준비하고 있어."

"정말 오는 거야?"

수연의 남자친구인 강혁은 아까 여직원들의 모험담처럼 차를 타고 시원한 에어컨 바람을 쐬며 곤충 박물관에 오는 걸 좋아하는 사람이다. 기름값 아끼려면 개인차보단 버스를 이용하라고 수연이 여러 번 권하기도 했지만 그는 좀처럼 듣지 않았고 매번 차를 타고 그녀를 만나러 왔다. 버스는 분명 기다릴 때 은근히 피곤하기도 하고 대부분 여러 번 정차를 하니 빠른 걸 좋아하거나 사람 많은 걸 싫어하는 성격이라면 굳이 타지는 않을 것이다. 하지만 다소 투박하게 시동이 걸리고 은근히 덜컹거리며 나아가는 버스를 수연은 좋아했다.

"그럼 이따 도착하면 전화할게. 주차장에 나와 있어."

알았다고 말하며 전화를 끊은 수연은 문득 남친과 반대인 남자가 떠올랐다. 자신과 마찬가지로 버스의 설레는 흔들림과 창문의 시원한 바람을 좋아했던 남자. 바로 전 남친 진환이었다. 사실 헤어진 지 1년밖에 되지 않아서 지금도 곤충 박물관에서 일할 때 함께했던 추억이 많아 어쩔 수 없이 떠오를 때가 있다. 진환은 그녀를 만나러 올 땐 항상 버스를 타고 왔다. 개인차도 있었지만 일을 할 때만 사용했다. 그래서 두 사람은 퇴근 후 함께 돌아갈 때도 버스를 탔다.

진환은 어둠이 내린 산속에서 함께 버스를 타고 나아가는 것이 너무 행복하다고 언제까지나 이렇게 있고 싶다고 그녀에게 말하곤 했다.

"아직 일도 시작 안 했는데 퇴근 기분이 되어버리면 어쩌자는 거야."

하지만 수연은 그런 시간을 버스의 창문 사이로 바람과 함께 떠니 보내고 있으니 크게 신경이 쓰이진 않았다. 이젠 새로운 사랑을 만났으니 서서히 잊어가면 되니까 말이다.

지금 남친은 버스는 좋아하지 않아도 그런 건 상관없을 정도로 나를 많이 사랑해 준다는 믿음이 있다.

언제였을까, 진환과 헤어지고 버스 정류장에서 울고 있는 그녀에게 따듯한 캔음료를 건네주며 이 산중의 길은 버스만 다니는 길이 아니라고 어느 누구라도 갈 수 있는 길이라고 말해준 게 강혁이었다. 그날을 시작으로 곤충 박물관에서 만날 때면 곤충에 대해 설명해 주기도 하고 그가 하는 자동차 관련업에 대해 듣기도 하면서 조금씩 가까워졌고 나중에 친구로서 멋진 차를 타고 여행을 가자고 약속하기도 했다. 결국 친구가 아닌 연인이 되어 이렇게 시간을 보내고 있지만 말이다.

아직 둘이서 여행은 가지 못했지만 퇴근을 하면 그가 집까지 태워줄 때가 많아 그녀로서는 그것이 사실상 여행처럼 느껴지기도 해서 아쉬움을 달랠 수 있었다. 또 진환과 함께 타던 버스를 빨리 앞질러 가는 거 같아서 과거를 해소해 주는 듯했다.

"불개미의 입속이라서 그런가. 여름이 끝나지 않을 거 같아."

감상에 빠졌던 수연은 불개미에게 물린 건축가가 느낀 깨달음을 자신도 알게 되면 이런 멋진 박물관 같은 뭔가를 해낼 수 있을까 하는 궁금증과 계단 창가에 보이는 하얀 그릇이 깨어지지 않기를 바라는 마음의 충돌로 정신이 들었고 서둘러 곤충 전시실로 향했다.

2003년 7월 7일 월요일 AM 8시

곤충 전시실에 들어온 수연은 곤충들의 건강상태를 나름대로 확인했다. 물론 전문 관리자들이 교대로 상시 근무하며 곤충들을 관리하고 있지만 그럼에도 방심하지 않고 순차적으로 체크하며 문제가 있어 보이는 곤충들은 사육실에 연락해 확인하도록 요청했다. 동시에 곤충들이 들어 있는 유리 사육장의 온도를 하나하나 확인했다. 곤충도 종에 따라 살 수 있는 적정온도가 다르기 때문에 혹시나 온도조절기가 잘못 설정되어 있다면 해외에서 어렵게 구해온 곤충들이 적응을 하지 못하고 병에 걸리거나 죽게 되는 낭패를 볼 수 있다.

수연은 관광객들이 곤충들을 만질 수 있는 체험온실의 기계장치들을 손보고 있는 설비관리자 남국 씨에게 인사를 건넸다.

"안녕하세요. 30분 뒤에 수생곤충관으로 물방개가 새로 들어온대요."

"수연 씨는 사육팀이나 건물 관리팀도 아니면서 너무 열심인 거 아니야? 모노레일 쪽이잖아."

"그렇긴 하지만 아이들에게 살아 있는 곤충들을 보여주고 뭔가를 얻어 갈 수 있게 노력하는 직원분들에게 조금이라도 도움을 주고 싶어서요. 존경의 의미입니다."

"뭐 직원들도 수연 씨의 오지랖을 싫어하진 않더라. 역시 이쪽으로 오는 게 어때? 수연씨가 너무 열심히 해서 관리자들도 은근히 자극받을 정도니까. 미안한데 저거 좀 줄래."

"여기요. 암튼 그래도 쉬는 날에 남친이랑 관람객으로 오면 데이트만 하잖아요."

"내가 졌다 졌어. 근데 오픈 시간 다 돼가는 건 알아?"

"알아요. 모노레일로 가야죠. 일단 도감실에 갔다가."

"못 말리겠군."

그는 피식 웃으며 고개를 저었고 한 치의 흐트러짐 없이 하던 일에 집중했다.

조금 뒤 도감실에 도착한 수연은 생명이 끊어지고 그 모습 그대로 압정에 꽂혀 일정 간격으로 화려하고 꼿꼿하게 마치 물결처럼 퍼져 있는 곤충들의 모습을 볼 수 있었다.

이곳은 그녀가 하루에 한 번 반드시 들르는 곳이고 유난히 마음이 차분해지는 곳이다.

도감실이라 그런 거겠지만 정리된 곤충들의 모습을 보고 있으면 그녀의 마음도 잠시나마 가지런히 정돈되는 듯했다. 그건 이 박물관을 소중히 하는 삶의 나아감이자 겸허한 정돈이었다.

***

그녀는 처음 일하던 당시 이곳에서 같은 종의 곤충도 종류가 엄청나게 많다는 걸 알고 충격을 받았었다. 그리고 옆에서 같이 놀라던 남자도 있었다.

"같은 종 안에서도 종류가 이렇게 많단 말이야?"

"그러게요. 경이로우면서도 소름이 돋네요. 저 나비들은 정말 죽은 걸까요."

"당연히 죽었죠. 보면 알잖아요?"
"자신이 저렇게 압정에 찔려 고정되어 있다는 걸 알까요."
"아마 모형으로 대신하는 경우도 있겠죠?"
"저는 그런 생각이 들어요. 만약 내 마음이 압정에 찔려 고정되어 있다면 누군가 그 압정을 뽑아줬으면 좋겠어요."
"무슨 소리를…."
"그리고 저도 누군가의 마음이 압정에 꽂혀 있다면 뽑아주고 싶다는 그런 생각이 지금 들었어요."
"…."
"죽어 있다고 생각했던 마음이 다시 한번 날 수 있다면 그 나비는 아직 죽지 않은 거겠죠."

그녀의 마음은 처음 보는 남자의 마음과 함께 도감실에 압정으로 고정되었다.

2003년 7월 7일 월요일 AM 8시 30분

"늦었어~!"
"미안미안~!"
모노레일 운행을 지원하면서 박물관 쪽으로 자꾸만 정신이 팔리는 수연에게 불만이 있던 희원은 수연이 늦어지는 빈도가 늘어나자 은근히 화가 났는지 짧게 쏘아붙였다.

안 그래도 모노레일 타워가 곤충 박물관 주변에 위치해 있어 더 그랬다.

티켓 판매기가 제대로 작동하는지 미리 확인해야 하고 관광객들이 안전하게 모노레일을 탈 수 있도록 안전 라인을 만들고 혹시 모를 사고가 생기지 않도록 모노레일 주변의 경사진 곳에 길게 설치된 목재 바리케이드가 흔들리지는 않는지 확인해야 하고 새로운 박물관 정보가 담긴 책자도 정리해야 하는데 그녀가 오기 전까지 혼자서 감당해야 했으니 당연히 화가 날 것이다.

본인이 담당하는 모노레일보다 박물관을 먼저 신경 쓴다니 하지만 그녀가 왜 그곳에 들르는지 알고 있었기에 희원은 눈치를 주는 선에서 참아줬다.

"미안. 내가 한턱 쏠게. 봐줘~"

"에휴, 됐네요. 그나저나 벌집은 어떻게 돼가?"

"아 벌집? 벌들이 열심히 만들고 있어. 나중에 완성되면 조금 줄게."

"근데 진짜 먹어도 되는 거야?"

"연구에 쓰여서 잘 모르겠어. 그래도 조금만 달라고 부탁해 볼게…."

"난 그 약속 하나면 돼."

애정을 담아 새초롬하게 째려보며 희원은 살짝 미소를 지었다.

"그건 그렇고 모노레일 수리는 완료된 거야?"

"응. 작업팀이 레일의 녹슨 부분을 모두 갈아서 잘 달릴 거야."

"그래…."

수연은 산속 경사로에 스릴 넘치게 만들어진 드넓은 모노레일의 길을 보면서 그리 밝은 표정을 짓진 못했다.

사실 대형 놀이공원에 있는 큰 열차의 속도와 비교조차 할 수 없는 걷기 수준의 속도였지만 진환과 함께 타던 주말의 모노레일은 분명 스릴 넘쳤고 즐거웠다. 맛있는 간식을 준비해서 본인이 일하는 모노레일 타워 안에 마련된 탑승 대기실에서 함께 먹으며 많은 얘기를 나눴다. 때론 좌절하거나 포기해야 했던 것에 대한 후회 같은 감정에 분위기가 우울해지기도 했지만 그는 대기실 벤치에 앉아 말없이 계속 들어주며 탑승 순서를 계속 미뤘고 결국 마지막 순서가 되어서야 그녀와 함께 모노레일로 향했다. 그와 함께 타는 모노레일의 부드러운 바람은 너무 느려서 그녀의 눈물을 가리지 못했다. 박물관을 둥글게 감싼 산의 구석구석엔 기둥이 박혀 있었고 모노레일이 지나갈 때마다 무게를 지탱하며 묘한 울음소리를 냈다.

"이곳은 함께 슬퍼해 주고 기뻐해 주나 봐요."

진환은 저 말을 한 뒤 그녀가 실컷 울고 감정을 추스를 때까지 옆에 있어줄 뿐이었다.

그렇게 모노레일에서 내린 뒤 우리는 다시 언제 그랬냐는 듯 밝은 모습으로 돌아오곤 했다.

"또 옛날 생각하는구나. 옛날이라고 해봐야 1년 전이지만."

"…"

수연과 진환이 헤어졌다는 걸 알고 있었던 희원은 힘이 되어주기 위해 인사과에 찾아가 그녀가 좋아하는 박물관 쪽으로 보직 변경이 가능한지 알아봤지만 수연은 충분히 노력해서 성공할 능력을 가지고 있음에도 무엇 때문인지 모노레일을 포기하지 않았다. 과거의 사랑 때문이라고 하기엔 지금의 그녀는 새로운 남자친구와 너무도 잘 지내고 있다. 그때와 다른 건 새로운 남자친구인 강혁은 모노레일을 별로 좋아하지 않는다는 것이다.

수연은 모노레일이 가끔 외로워 보였다.

2003년 6월 8일 일요일 AM 11시

"좌회전 신호 왜 이렇게 길어."
"그러게 말입니다."
눈이 침침해 도로 신호등 하단에 달린 표지판을 실눈으로 노려보던 상진은 선글라스를 끼고 조수석에 앉아 있는 선배 윤재의 말에 즉각 대답했다. 상진에게 그는 꽤나 의지가 되는 인물처럼 보였다.
"이곳도 도로는 새로 지었는데 양쪽으론 타임머신을 타야 만날 거 같은 논밭이 있네."
"그야 앞으로 쭉 가면 신도시가 나오거든요. 저기 보이죠?"
"너 표지판은 제대로 못 보면서 저런 건 잘 보는구나."
"인간의 욕심은 그래서 무서운 거죠. 어쩌면 양쪽의 논밭도 높은 빌딩으로 가득 차는 날이 올지 모릅니다."
"그전에 나한테 얻어맞고 네 인생이 눈물로 가득 찰 거 같은데. 좌회전 신호 떴는데 안 가냐?"

장난과 진담이 섞인 무서운 말을 들으며 상진은 논밭이 가득한 길로 꺾어 들어갔다.

윤재는 눈앞에서 춤추는 드넓은 생명의 터전을 바라보며 선글라스를 서서히 벗었다.

"우리가 앞으로 한 달 동안 있을 곳이 여기란 거지. 생각보다 아름답군."

"네. 아마 저 많은 풀들은 벼를 심은 거 같습니다. 모내기죠. 가을이 되면 황금색으로 변하는데 장관일 겁니다."

"길 끝에 마을이 보이는군. 집이 몇 개 없네?"

"시골이 다 그렇죠, 뭐."

상진은 천천히 차를 몰아서 마을로 향하는 좁은 길을 지난 뒤 이윽고 마을 안쪽 길로 접어들었고 얼마 전 자신들에게 전화를 걸었던 자가 알려준 대로 오래된 돌담 안쪽에 나무가 높게 서 있는 집이 보였다.

"검은색 차가 있으면 저 집이 맞습니다."

상진은 돌담집에 거의 도착하자 핸들 위쪽으로 얼굴을 빼꼼히 내민 뒤 안쪽 마당을 확인했고 검은색 차의 꽁무니가 보이는 걸 확인할 수 있었다. 그리고 한 대 더 댈 수 있는 공간이 남아 있어서 주차를 시도 했다.

그때 윤재가 놀라서 소리를 쳤다.

"야, 인마. 밑에 고양이~!"

"네? 어, 진짜네."

노란색과 흰색이 적절하게 섞인 무늬를 가진 귀여운 고양이가 제

자리에서 자신의 발을 핥고 있었다.

"보통 고양이는 사람을 피하지 않나요? 어라?"

노란 고양이는 갑자기 일어나더니 꼬리를 세우고 가만 서 있는 차에 몸을 비비며 돌기 시작했다.

"이상한 놈이네."

"어쨌든 마당 안쪽으로 들어왔으니까 시동 끄고 들어가자."

"네."

시동을 끈 상진은 윤재와 낡은 한옥 지붕이 을씨년스럽게 느껴지는 집 안으로 들어갔고 티브이가 있는 오른쪽 방과 창고로 쓰이는 듯한 왼쪽 방 가운데 있는 거실의 냉장고를 열었지만, 마실 것이 없어 아쉬운 대로 부엌의 수돗물로 목을 축였다.

윤재는 온갖 폼을 잡았지만 어떤 이유로 긴장을 했었는지 물을 마시자마자 제자리에 주저앉았다.

"괜찮으십니까."

"후… 우리 제대로 가고 있는 거 맞냐?"

"글쎄요…."

그때 문밖에서 인간의 것이 아닌 울음소리가 들려왔다.

"냐옹~~"

"쟤 여기서 키우는 건가?"

"아직도 안 간 걸 보면 그럴지도 모르겠네요."

"그럼 여기 고양이 사료도 있겠지? 야, 찾아봐."

그렇게 두 남자는 뻔뻔하고 당돌한 고양이와 한 달간 지내게 되었다.

2. 시외버스 터미널

2003년 7월 7일 월요일 AM 7시

지하철 문이 열리고 성훈은 설레는 감정을 담아 한 발자국씩 출입구 쪽으로 발걸음을 옮겼다. 계단을 내려오니 승객들을 반기고 보내기도 하는 개찰구 여러 대가 질서정연하게 위치해 있었다. 얇은 교통카드를 꺼낼 땐 자동적으로 얼마가 남았는지에 대한 공포감이 들기도 하지만 이번엔 여행을 대비해 여유 있게 충전했으니 당분간은 걱정이 없다.

카드를 댈 때 개찰구 기계의 삑 소리는 나에게 잘 가라고 행운을 빌어주는 거 같기도 하다.

개찰구 옆엔 커다란 지하철 입구가 더운 하늘을 가득 빨아들이고 있었고 바로 앞엔 터미널로 연결되는 신호등이 오케스트라 지휘자처럼 사람들을 안전하게 제어하고 있었다.

"터미널 입구에 계시려나."

성훈은 녹색불이 들어온 횡단보도를 지나 터미널 쪽으로 걸어갔다.

시원하게 자른 짧은 커트 머리에 파란색 반팔티를 입고 올 거라고 했는데 누군가를 기다리는 듯한 분위기의 사람들을 살펴봐도 그런 인상착의는 없었다.

그때 터미널 앞에 길게 늘어선 포장마차가 눈에 들어왔다. 예전부터 이곳에 올 때마다 가끔씩 들르는 매력적인 곳인데 특히 마음에 드는 건 떡볶이의 굵은 두께와 쫄깃함이다. 씹는 순간엔 가래떡이 너무 굵어서 살짝 부담스러운 거 같지만 결국 한입 베어 물면 부드럽고 매콤달콤한 맛에 행복해진다. 거기에 하얀 반점이 별처럼 수놓아진 녹색 그릇에 올려지면 떡볶이의 가치는 더 상승된다.

"아, 그때를 놓치지 않고 오뎅까지 시켜서 따듯한 국물과…."

"왜 혼잣말을 하고 있어요?"

"으악, 깜짝이야!"

놀라서 옆으로 고개를 돌리자 채팅방에서 말했던 것처럼 짧은 커트 머리를 한 남자가 가방을 메고 있었다.

"안녕하세요. 파란색 티를 보니 진환 씨 맞으시죠."

"네, 반가워요. 짧은 머리 빼먹은 건 섭하네요. 그나저나 배고프시죠? 버스 출발시간이 좀 많이 남았으니까 뭐 좀 먹고 갑시다."

진환은 성훈과 함께 포장마차 쪽으로 빠르게 걸어갔고 거리가 가까워질수록 달달하고 매콤한 떡볶이의 향기가 강하게 유혹해 왔다.

"아줌마! 떡볶이 2인분이랑 오뎅 2인분 주세요."

"학생들, 시외버스 타러 온 거 아니야? 버스 안에서 배 아프면 안 되니까 1인분씩만 먹고 가."

"뭐, 그럴까요?"

"네. 저도 그게 좋아요."

성훈도 아줌마의 생각과 같았다. 그는 거절을 잘 못하는 성격이라 그냥 여행동료가 하자는 대로 끌려가고 있을 뿐이었고 떡볶이를 좋아하지만 가끔 들른 이유는 아줌마 말대로 버스에서 배가 아프면 곤란해지기 때문이었다. 그래서 2인분씩 시키자는 말에 부담을 느낄 수밖에 없었다. 그때였다.

"아니요. 떡볶이, 오뎅 3인분씩 주세요."

"네? 3인분이요? 당신은 누구…."

"걱정 마세요. 저는 버스에 타지 않습니다. 제가 다 먹을 테니 염려 마세요."

"왔구나, 규재야."

"어."

깔끔한 카라 반팔티를 입고 안경을 쓴 남자는 자연스럽게 의자 하나를 끌고 와 합석했고 주머니에서 안경닦이를 꺼내며 말했다.

"진환아, 너 참 신기한 놈이다. 내 연락처를 어떻게 알고 연락을 한 거야? 처음 연락받고 얼마나 놀랐는지 알아?"

"그랬어?"

"그리고 그날 네가 보낸 이메일 다 읽었어. 내가 여기에 온 이유이기도 하고."

"…."

"너 내가 선생님인 거 알지? 그럼 그때의 일이 밝혀지면 내가 어떤 피해를 보는지도 알겠네?"

"응."

"두 분 지금 무슨 소리를 하시는 건가요?"

"진환이 너, 무슨 수작을 부리는 거야?"

그는 성훈에게 난 할 말만 하고 금방 떠날 테니 조금만 기다리라는 티를 노골적으로 드러냈다.

선생님이라는 직업을 가지고 있으면서 어떤 사정으로 이렇듯 누군가에게 적의를 드러내고 있으니 성훈에겐 마치 화난 백로처럼 느껴졌다.

"자, 음식 나왔습니다."

우리가 무슨 얘기를 하든 흔들림 없이 만들어진 떡볶이와 오뎅은 하얀 반점이 수놓아진 넓은 접시와 오목한 접시에 각각 담겨져 테이블에 착지했다.

2003년 7월 7일 월요일 AM 7시 20분

떡볶이를 잘근잘근 씹으며 규재는 경계하는 듯 진환과 눈을 계속 마주쳤고 성훈은 그 사이에서 두 명의 눈치를 보느라 그렇게 좋아하는 떡볶이의 맛을 제대로 느낄 수 없었다. 하지만 화난 백로 같은 저 남자가 본론을 꺼낼 것이고 갈등이 해결되면 마음 편하게 식사를 마치고 터미널에서 예약구매 한 티켓을 창구직원에게 배부받을 것이다.

성훈은 그런 상상을 계속 이어가며 불편한 자리의 압박감을 이겨내려 애썼다.

그리고 결국 선생님이라는 남자는 본론을 꺼냈다.

"일단 그전에 확인해 둘 것이 있어."

"말해봐."

"너 나를 고발할 거야?"

"고발? 왜 그렇게 생각해?"

"내 입장이 되어봐. 고생해서 선생님이 되었다고. 그런데 잊었던 너한테 연락이 오면 기분이 좋겠어?"

"물론 너 기분 좋으라고 연락한 건 아니야."

"우리가 같은 반이었던건 고등학교 1학년 때였지. 그때는 사이가 좋았고 학교를 마쳐도 어울려 다녔어. 그리고 둘이 아니라 셋이었어. 넌 인호 때문에 나한테 연락을 한 거지?"

"응, 맞아. 그리고 너는 사이가 좋았다고 하지만 사실 인호가 있었기 때문에 우리가 함께할 수 있었어. 인호는 우리는 연결해 주는 역할을 잘하곤 했지. 마치 이음쇠처럼."

"그래. 인호를 빼고 둘이서만 보면 그렇게 어색할 수가 없었지. 꼭 지금처럼."

두 사람은 인호라는 인물을 과거에서 꺼내기 시작했고 성훈은 금방 알 수 있었다.

이 사람들은 지금도 그 시절을 그리워하고 있다는걸.

***

전력으로 달린 덕에 가까스로 지각을 면한 세 사람.

그중에서 가장 뿌듯함을 느낀 건지 진환은 갑자기 폼을 잡았다.

"후후. 역시 학교 정문은 지각이라는 무기로도 나를 이길 수 없는 건가."

"학교가 던전이야?"

"틀린 말은 아니지. 던전을 클리어해야 어디로든 사회진출을 하지 않겠어?"

"너희들 말이야, 그런 시시껄렁한 소리나 하지 말고. 내가 제안 하나 하지."

"응?"

"교실에 제일 늦게 오는 사람이 점심시간에 매점에서 컵라면이랑 냉동만두 쏘기~!"

"판이 너무 큰데?"

"비켜, 이것들아!"

컵라면 소리를 듣자마자 규재는 총알처럼 앞으로 달려 나갔고 진환과 인호는 장난스럽게 웃으며 뒤따라 힘껏 달렸다.

당연한 거겠지만 처음 경험해 보는 고등학교의 세계 그 시작인 1학년 때 세 사람은 만났다.

험난한 고등학교 생활을 보내기 위해 교실에서 괜한 몸 다툼을 벌이며 기싸움을 하던 진환과 규재는 순박하게 생긴 남자애가 갑자기 다가오자 당황했다.

"너… 넌 뭐야."

"저기 미안한데 너희 괜찮으면 나랑 옆 반에 좀 가줄래?"

"거긴 왜?"

"옆 반 여자애한테 고백하려고…."

"응? 오늘 입학식인 건 알아? 만난 적도 없는 여자애한테 고백을 한다고?"

"아니 중학교 때부터 아는 사이였어. 내가 좋아하는 거 아닐까. 그런데 졸업식 때 그러더라. 같은 고등학교에 가게 되었으니까 이왕이면 지금 말고 입학식 때 고백해 달라고 했어."
"특이한 여자애네. 입학식 날부터 데이트 1일 차 뭐 이런 건가."
"가줄 거야?"
"뭐… 재미는 있어 보이는데. 가볼까?"
"왜 날 봐…."

얼굴을 붉히면서 좋아하는 여학생한테 고백한다며 난데없이 우리에게 동행을 부탁하는 인호를 보며 결국 두 명은 기싸움을 멈추고 따라가기로 했고 몇 분도 되지 않아 중학교 친구였던 여학생을 부른 인호는 손에 쥔 꽃다발을 건네주며 오그라드는 말과 함께 고백했다.

"연지야, 졸업식 때 했던 약속 지킬게. 나의 고백을 받아줘."
"우와, 진짜 말했어."

하지만 고백을 받은 첫사랑의 반응은 인호의 예상과 달랐고 좋지 않았다.

"으응… 고마워… 근데 미안해."
"어?"
"좋아했던 사람이… 이 학교 선배라는 걸 알게 됐어."
"거짓말…."
"미안해. 무책임한 약속을 해서…."

답을 전한 그녀는 굳은 표정으로 자신의 교실로 돌아간 뒤 의자에 앉아 인호를 못 본 척했고 진환과 규재는 어쩔 줄 몰라 하는 인호에게 어깨동무를 하며 아무렇지 않다는 듯 말했다.

"이별의 입학식 1학기가 시작된 건가."
"위로는 안 되겠지만 너는 약속을 지켰어. 그게 중요하다고 생각해. 이별 따위 앞으로 졸업해 버리면 그만이야."
"응…."

바로 옆 반이었는데도 돌아가는 길이 너무도 길었던 인호였다.
그리고 1학년이 끝나면서 세 사람의 관계는 빠르게 균열이 갔다.

1996년 6월 16일 일요일 PM 20시

"무슨 소리야…."
"아 그런 이야기라는 거지."
비 오는 주말 저녁, 인호는 학교 운동장에서 규재에게 상상도 못한 말을 들으며 어떻게 반응해야 할지 모르고 있었다.
"넌 입학식 때나 지금이나. 어쩔 줄 모르는 건 여전하구나."
"네가 그럴 리가 없어. 아니지?"
"야, 지금 우리가 몇 학년이야? 무려 3학년이야. 네가 좋아하는 여자랑 내가 사귀는 일도 얼마든지 일어날 수 있는 거야. 1학년 때의 내가 3학년이 된 나와 같을 거라 생각해?"

"…."

"오히려 네가 나를 응원해 줘야 하는 거 아니야? 너는 이미 입학식 때 연지랑 끝난 사이잖아. 그걸 아직도 인정 못 하는 거야?"

"그 얘기를 하려고 나를 부른 거야?"

"왜. 화나? 나를 때리고 싶어? 그러고 보니 우리랑 같은 학교에 다니는 성훈이라는 놈이 여학생을 구하겠다고 저쪽 동네 고등학교 짱한테 덤볐다가 된통 얻어맞았다고 하던데 나도 오늘 좀 맞아볼까."

규재는 미안함이라곤 전혀 느껴지지 않는 표정으로 인호에게 계속해서 말했다.

"내가 제안 하나 하지."

"…."

"나를 실컷 때리고 다신 만나지 말자. 우리가 함께했던 시간을 이제 졸업시키는 거야."

"그게 인호한테 할 소리야~!!!"

인호한테 연락을 받고 뒤늦게 도착한 진환은 모든 사실을 알고 규재의 멱살을 잡고 밀어붙였다.

"우리가 예전처럼 잘 지내진 못해도 점점 변해갔어도 그게 상처를 줘도 되는 이유가 되는 게 아니잖아! 다음 주에 가는 수학여행에서 인호가 너랑 화해하려고 얼마나 기대하고 있었는지 알아! 셋이서 함께 바닷가에서 소리치고… 장난도 치고…."

"…."

규재는 맞을 준비가 되었다는 듯, 눈을 감고 기다렸다.

"이제 됐어."
"인호야."
"진환아, 난 괜찮으니까 규재한테 화내지 마."

인호는 두 명을 뒤로하고 학교 정문으로 걸어갔고 마치 졸업식이라도 되는 것처럼 환하게 웃으며 손을 흔들었다.

"꼴찌 하는 사람이 컵라면이랑 냉동만두 쏘는 거야."

그렇게 인호는 3학년을 미처 마치지 못한 채 자취를 감췄다.

성훈은 두 남자가 하는 이야기를 들으며 그들은 조용히 식어버린 떡볶이와 오뎅국물과 비슷하다고 느꼈다.
어느 순간 식어버렸는데 다시 프라이팬이나 냄비에 데울 생각은 들지 않는 그런 것.

"네가 보낸 이메일엔 이런 내용이 있었지. 진심으로 사과하라고."

"…."
"그건 너한테를 말하는 거야, 인호한테를 말하는 거야."
"스스로 정해."

규재는 혼자 마시려고 시킨 소주를 연거푸 들이켠 뒤 안경을 벗었다. 성훈은 본능적으로 그가 고등학교 시절의 모습으로 사과하고 싶다고 느꼈다.

"미안하다."
"…."
"1학년이 끝나고 2학년으로 넘어갈 때 너희에게 말은 안 했지만 주변에서 유혹이 많았어. 잘나가는 패거리에 들어오라는 권유도 있었고 성적이 좋은 친구들에게 나 스스로 다가가기도 했어. 솔직히 너희는 공부 못했으니까. 함께 어울리면서 나만 성적이 좋은 게 솔직히 이상하게 느껴졌어. 내가 왜 얘네랑 다니는 걸까 혹시 나의 시간이 손해를 보고 있는 걸까라는 오만한 생각도 자주 들었고."
"…."
"결국 2학년, 3학년도 함께해야 하는가에 대해 의구심이 들었어. 그게 현실이니까. 물론 그렇다고 패거리 같은 것에 들어가진 않았지만 변화를 줘야 한다는 건 확실히 느끼고 있었어. 그러다 평소 눈여겨보던 학원에 가게 됐는데 거기서 연지를 만났어. 같은 클래스였기 때문에 가까워지는 건 순식간이었어. 선배와 잘 안된 것도 털어놨지. 그러다 보니 연지의 친구들과도 어울리게 됐어."

"역시 뭔가 있었구나…."

"그렇게 조금씩 내가 변해가면서 자연스럽게 너희와도 거리가 멀어졌어. 기억하지? 2학년 때 반은 갈라졌지만 그래도 쉬는 시간만 되면 복도나 운동장 벤치에 모였잖아. 하지만 미래에 대한 불안감과 연지와의 만남으로 인해 그마저도 소원해지게 됐지."

"…."

"웃긴 건 그러다 나의 실수로 인호가 가출을 했는데 난 화가 나서 연지와 친구들을 데리고 인호의 담임을 찾아갔어. 그리고 왜 잡아주지 않았냐고 억지를 부렸지. 물론 담임으로서 평소 소통을 안 한 책임은 있었고 인호도 개인적인 고민이 있었겠지만 결정적인 책임은 나한테 있었어."

"그래도 학교의 무능을 꼬집으며 우리를 도와주려고 하시다가 다른 학교로 쫓겨난 도덕 선생님 같은 분도 있었지."

"흔치 않은 분이셨지. 진정으로 선생님이라고 부를 수 있는… 암튼 그래서 수업을 하면서도 계속 생각하게 돼. 인호는 지금 어디에 있을까 잘 지내고 있을까라고…."

"후회하는 거야?"

"후회? 너무 많이 해서 헛웃음이 나올 정도야. 그래도 말이야. 난 지금도 너희와 함께 바라보던 어두운 하늘의 별만은 늘 기억하려고 해. 귀찮은 야자 시간을 앞둔 운동장의 별 말이야."

"선생님다운 말이네."

"그래. 난 지금 선생님이 되어서 살고 있어. 그래서 그때의 우리 같은 제자들을 가르치고 있지. 만약 네가 나의 과거를 지금 일하는 학교에 퍼트린다면 나의 인생은 산산조각이 날 거야. 친구를 배신하고 학교를 떠나게 만든 사람이 선생님을 하고 있다니 도저히 용서가 안 되잖아? 나도 그걸 인정해. 하지만 그런 일이 벌어진다 해도 너를 원망하진 않을 거야. 이미 나는 그때의 우리를 닮은 제자들의 우정이 깨지지 않도록 나름대로 지켜줬고 졸업하는 모습도 봤거든. 그래서 이제 미련은 없어."

규재는 후회와 자부심이 섞인 눈물을 떡볶이에 떨어뜨렸다.
식어버린 떡볶이를 다시 데우려는 걸까.

2003년 7월 7일 월요일 AM 7시 45분

규재의 눈물을 모른 척하던 진환은 궁금한 게 떠올랐다.

"그래서 연지랑은 어떻게 됐어?"

"둘만의 무언가가 어떻게 되었다기보다 일방적이었지."

"일방적?"

"방금도 말했지만 인호의 가출 소식이 학교에 퍼진 뒤 연지는 친구들을 데리고 나와 함께 인호의 담임을 찾아갔어. 인호의 가족이 학교에 들어가지도 못하고 냉대받는 걸 보면서 화를 참지 못했고 거기서 나의 폭력적인 모습을 본 거 같아. 이후 나와 연락을 끊었고 내가 교실로 찾아가도 나오지 않았어. 난 그렇게 인호가 연지한테 처음 고백했던 날처럼 되어버렸어. 나중에 연지의 친구가 와서 쪽지를 전해줬지."

"뭐라고 적혀 있었는데?"

"인호 가족의 아픔을 함께 나누고 어떻게든 해보려는 나의 모습에 그 정도의 마음이 아닌 자신은 여기서 끝내는 게 맞다고… 그래도 아픈 추억이지만 평생 가슴에 간직할 거라고 했어."

"그랬구나…."

"결국 그렇게 끝이 났어. 웃긴 건 소중한 친구와 사랑하는 여자친구를 동시에 잃고 나니 갑자기 선생님이 되고 싶어지더라. 그래서 고민 없이 교대로 갔어. 대체 이 학교가 뭐길래."

"…."

"그래도 나 인호네 집에 시간이 나면 꼭 찾아가서 인사를 드리고 있어. 반드시 돌아올 거라고 믿으면서 말이야."

진환은 규재의 말이 끝난 뒤 손목시계를 확인하며 가방에서 지갑을 꺼내려 했지만 다시 집어넣었다.

"난 솔직히 너의 말이 진심인지 잘 모르겠어."

"뭐?"

"그 사과가 진심이라는 걸 어디서 느껴야 하는 거지?"

성훈은 터미널 티켓 배부를 빨리 받아야 한다는 사실에 조금씩 마음이 급해졌다.

"진환 씨, 이제 버스를 타러 가야 할 거 같아요."

"네, 알아요. 저기 아줌마! 계산은 저 안경 쓴 친구가 할 거예요."

돈이 관련되자 살짝 현실로 돌아온 규재는 어이없다는 듯이 진환을 바라봤다.

"야, 각자 계산 아니야?"

"벌써 잊은 거야? 제일 꼴찌로 온 사람이 컵라면이랑 냉동만두 쏘는 거잖아."

진환은 그렇게 말한 뒤 터미널 속 수많은 인파 속으로 성훈과 함께 사라졌다.
어느새 혼자 남은 규재는 소주잔을 내려놓고 멍하니 터미널을 바라보며 작은 목소리로 중얼거렸다.

"사실 난 너희들에게 말하지 않은 게 있어."

***

규재는 인호가 가출을 한 뒤 돌아오지 않고 그 영향으로 은지와도 멀어지자 정신적인 혼란을 겪으며 폐인이나 다름없는 시간을 보내야 했다. 다가오는 졸업과 어느 대학교로 가야 하는지 정해야 하는 진로의 부담감이 절벽으로 몰아세웠다.
그때 선생님이 되고 싶다는 생각이 들었고 또 하나 떠오른 건 두 친구와 자주 가던 비디오 가게였다.

"아저씨, 전부 얼마예요?"
"야, 이걸 다 빌린다고?"

진환과 규재가 보기에 인호는 시대의 변화로 비디오 가게가 없어지는 추세가 되자 마음이 급해지는 거 같았다. 자신의 소중한 곳이 사라지는 위협감을 느낀 것일까. 그래서 괜히 비디오를 필요 이상으로 빌리면서 안정감을 얻으려 한 건지도 모른다.

"인호야, 마음은 알지만 시대가 변하는 걸 어떡하겠어."

"그래 이젠 CD마저도 사라지는 시대가 될 거야."

하지만 인호는 웃으면서 계산을 했다.

"그래 그런 세상이 오겠지. 분명히 올 거야. 하지만 난 투박한 비디오테이프를 고르면서 만지는 촉감이 좋고 빌리고 싶은 작품을 빼낸 뒤 가게 아저씨가 보물상자처럼 열 때 딸각하고 소리 나는 것도 너무 좋아. 마치 어딘가로 모험을 떠나고 싶은 기분이 들어. 너희는 안 그래?"

규재는 고개를 숙인 채 여전히 떡볶이와 오뎅 계산을 하지 않았다.

"몰라… 그런 거… 모른다고…."

선생님이 되고 싶다는 생각이 들자 그는 인호가 더 이상 찾아오지 않는 비디오 가게를 주말마다 찾아갔다.
어쩌면 이루어지지 않을지도 모르는 꿈을 잡기 위해 이기적으로 인호의 말을 떠올렸던 걸까.

"인호야, 나 주말마다 이곳에 찾아오는데 내가 찾는 비디오는 여기 없는 거 같아."

아무도 없는 비디오 가게에서 그는 모든 걸 체념하고 놓아버리고 싶었다.

"미안해… 상처 주고 떠나게 만들어서…."

그때 비디오 가게의 문에 달린 종소리가 잔잔하게 울려 퍼졌고 힘없이 비디오 각 위쪽에 걸쳐진 그의 손가락을 뭔가가 따스하게 감싸는 게 느껴졌다.
인호와 진환이가 함께 비디오를 꺼내고 있었다.

"우리가 함께했던 시간이 헛되지 않도록 포기하지 않는 거야. 할 수 있어."
"너희들…."
"이 촉감을 이 소리를 이 설렘을 잃어버리지 마."

비디오 하나를 가슴에 안은 그는 불 꺼진 가게에서 환하게 빛나고 있었다.

2003년 6월 11일 수요일 PM 12시 30분

윤재는 햇볕이 강하게 내리쬐는 시골집 밖 마루에 앉아 푹 끓인 라면을 양은 냄비 뚜껑에 덜어 허겁지겁 먹고 있었다.
급하게 끼니를 때우는 건 역시 라면이 최고라고 생각하는 그였다.
"그런데 상진아."
"네."
"라면 설익혀서 끓이라고 했잖아. 난 푹 끓인 거 질색이야."
"아참, 그랬지."

얼마 전 방에서 찾은 사료를 고양이에게 주기 시작했고 잘 먹는 모습을 멍하니 보면 왠지 모르게 시간도 잘 가고 애교를 부리는 건지 냐옹 소리를 부드럽게 낼 땐 마음이 계란찜처럼 푹신해지고 따듯해지는 거 같아 고양이와 시골집에서 지내는 시간이 그리 싫지 않은 두 사람이었다.
상진은 그런 고양이가 사료 먹는 걸 옆에 쭈그리고 앉아 기분 좋은 표정으로 바라보고 있었다.

"그런데 형님."

"응?"

"우리 정말 괜찮을까요. 그동안 험한 일 많이 해왔지만 이번엔 좀 고민이 됩니다."

"뭐가 위험해? 우린 약속된 날짜에 저 차만 가져다주면 되는데."

"그냥 제 본능이 그렇게 말하네요."

"뭐, 그렇게 생각할 수도 있지. 근데 넌 안 먹냐."

"아까 일찍 일어나서 냉장고에 햄이랑 계란이 있길래 볶음밥 해 먹었어요."

"…."

"왜 그렇게 봐요?"

"난 네가 훨씬 더 위험한 거 같다."

사료를 먹던 고양이는 배가 부른지 자리를 옮겨 갑자기 발바닥에 침을 바르더니 얼굴을 비롯한 몸 여러 군데를 비비기 시작했다.

"형님, 저게 그루밍입니다. 자신의 몸을 정갈히 하는 아주 중요한 고양이의 본능이죠."

윤재는 놀랐다. 그 얘기를 일주일 동안 샤워를 안 한 사람이 알려 주고 있었다.

"아… 그래… 그루밍이라고. 너 열심히 찾아보는구나."

"이왕이면 고양이가 어떤 동물인지 알아보는 게 좋죠. 또 그게 우리가 하는 일이기도 하고요."

"우리가 하는 일이라…."

일주일 동안 샤워를 한 번도 안 하긴 했지만 저 말은 은근히 윤재에게 비수처럼 다가와 꽂혔다.
사실 두 사람은 여러 군상의 사람들이 부탁하는 수많은 일들을 대신 해주는 심부름꾼이었다. 회사 이름과 주소가 엄청나게 자주 바뀌기는 하지만 그 일을 하는 건 결국 두 사람이니 카멜레온 같은 그 방식이 그는 솔직히 맘에 들었다. 하지만 어떤 사건에 휘말리게 되어 일을 계속할 수 없고 도망치는 신세가 되었다. 그러다 정체불명의 전화를 받게 되었는데 목소리는 남자였고 그에게 단도직입적으로 제안을 해왔다. 계속 도망치는 건 힘들 테니 자신이 준비해 놓은 시골집에서 한 달간 편하게 지내다가 마지막 날이 되면 곤충 박물관으로 마당에 세워진 검은색 차를 끌고 오라는 것이었다. 어려운 일 없는 심플한 조건이었고 마을 사람들도 집주인과 아는 사이인 지인의 자손들이 잠시 머문다고 알고 있어 의심받을 일 없다고 하자, 마음이 흔들린 것이다. 보수도 꽤 두둑했다.

"냐앙."

지금 상황에 대해 이런저런 생각을 하고 있는데 갑자기 고양이가 다가오더니 꼬리를 세우고 주변을 돌기 시작했다.

"쓰다듬어 달라는 건가?"

윤재는 한 번도 해보지 않아서 당황했지만 침착하게 고양이의 머리를 빗질하듯 쓰다듬었고 고양이는 따듯한 햇살 속에서 기분이 좋은지 가만히 서서 한참 동안이나 나에게 몸을 맡겼다.

"이런 것도 나쁘지 않구나."

그런데 옆에서 불길한 소리가 들려왔다. 상진은 선배가 다 먹은 줄 알았다며 어디서 가져온 찬밥을 라면 국물에 말아서 맛있게 먹고 있었다. 그는 상진을 보면서 한 가지를 확신하게 되었다.

"역시 난 네가 훨씬 위험한 놈 같다."

3. 곤충 박물관으로

2003년 7월 7일 월요일 AM 7시 50분

매표소에서 티켓을 배부받은 뒤 진환과 성훈은 버스에 타기 전에 간식을 사기로 하고 터미널 안에 있는 매점으로 향했다. 5개씩 묶어 놓은 찐 달걀과 무럭무럭 김이나는 호빵이 담긴 원통형 기계를 비롯해 다양하게 진열된 과자와 음료들이 이곳의 정취를 더 진하게 만들었다.

"더운 여름이긴 하지만 호빵도 좋지."

성훈은 버스에서 배가 아플 가능성을 감안하며 먹고 싶은 간식을 조금만 고르기로 했고 동시에 조금 전 과거의 친구와 극렬한 상황을 경험했던 진환의 눈치도 봐야 했다.
그래서 매점의 역할이 중요했다.

"진환 씨, 여기는 제가 쏠게요. 드시고 싶은 거 고르세요."
"네? 아, 감사합니다. 그럼 염치 불고하고~"

잠시 딴생각을 하고 있었는지 말없이 서 있던 진환은 성훈의 말에 깨어나 이곳이 매점이라는 것에 집중하기 시작했다.

딱히 자세히 보는 건 아니지만 과자봉지의 뒷면에 뭐가 적혔는지 확인도 해보고 빵이 담긴 봉지를 살짝 누르면서 빵의 상태를 가늠해 보기도 했다. 특히 10개 정도 종이그릇에 담겨 비닐랩으로 포장된 떡은 더 그렇다. 살짝 눌렀는데 딱딱하면 이건 하루 이상 지난 떡이라는 뜻이다. 물론 파는 사람 입장에서 보면 기분이 나쁠 수 있는 행동이라고 생각한다. 하지만 맛있는 간식을 먹으며 여행을 떠나고 싶은 우리의 입장에선 확인을 안 할 순 없는 것이다.

화장실을 미리 다녀온 뒤 버스에 올라타는 것에 버금가는 너무도 중요한 이 최종 점검을 두 남자는 소홀히 할 수 없었다.

"여기요."

성훈이 건넨 만 원짜리 지폐를 받은 매점 아저씨는 띵 하는 소리와 함께 열린 매점용 금고에 그 돈을 잘 펴서 넣었고 능숙하게 거스름돈을 꺼내 나에게 건네주었다.

이제 버스 탑승까지 남은 시간은 겨우 5분이었다.

터미널 밖에서 진환이라는 사람을 기다리며 떡볶이 가게를 바라보다가 지금 먹고 싶은 걸로 오해를 받아 어쩔 수 없이 가볍게 끼니를 때우려고 할 때, 난데없이 진환 씨의 학창 시절 친구가 합석한 뒤 그때부터 사과, 고발, 이별이라는 말들이 난무하는 바람에 제대로 먹지도 못하고 중간에 끼어 눈치만 보다가 정신을 차려보니 벌써 탑승 시간이 되어버린 것이다.

아무튼 그렇게 간식을 산 뒤 두 사람은 티켓에 적힌 승차장 숫자를 확인하며 버스가 있는 곳으로 걸어갔다. 역시나 사람들은 미리 줄을 서 있었고 버스 운전석 유리창 하단 구석 안쪽엔 출발시간이 적힌 네온 숫자판이 빨갛게 상기되어 있었다. 운전석에 앉아 있던 기사 아저씨는 시간을 확인한 뒤 여유 있는 표정으로 문을 열었고 승객들의 티켓을 확인하며 한 명 한 명 탑승시켰다.

"진환 씨는 자리가 어디세요."
"저는 앞쪽이에요."
"아, 네. 저는 조금 뒤네요."
"뭐, 잠자면서 가면 금방이니까. 휴게소에 가서 다시 얘기 나누죠."
"네…."

역시 성훈의 생각대로 그는 학창 시절 친구를 만난 이후로 기분이 다운되어 있었다.
이해 못 하는 건 아니지만 애초에 여행 커뮤니티에서 곤충 박물관에 가기로 마음먹게 된 계기는 그였는데 이렇게 식어버린 떡볶이처럼 냉랭해진 상태로 버스를 타야 한다니 이대로 가면 휴게소를 가든 곤충 박물관을 가든 그리 좋은 하루가 될 거 같지는 않았다. 이왕이면 내가 먼저 나서서 얘기를 많이 나누는 게 좋아 보였다.

"여행이 시작되었으니 나에겐 그럴 의무가 있어."

2003년 7월 7일 월요일 AM 8시

"출발합니다. 빨리 오세요~!"

버스 기사는 첫 계단에 몸의 반을 걸치고 아직 오지 않은 승객이 있는지 확인하는 버스회사 직원과 눈빛으로 이제 출발해도 좋다는 대화를 나눈 뒤 시동을 걸었고 버스는 후진을 한 뒤 승차장 출구 쪽으로 서서히 속도를 내기 시작했다. 요란하고 정겨운 버스의 진동과 소음 속에서 진환은 창밖을 바라봤고 이내 감상에 젖어 들었다. 성훈은 그게 뭔지 눈치챘다. 자신을 정리하는 과정이었다.

창가 밖으로 펼쳐지는 풍경은 버스 뒤편에 자리한 블랙홀 속으로 빨려 들어가는 듯 빠르게 지나가지만 우리는 그 찰나를 함부로 잊으려 하지 않는다.

할 수 있는 만큼 눈동자 속에 담으려 노력한다. 그게 어떤 정리든지 말이다.

그런 생각을 하고 있을 때 뒤에서 시끄러운 소리가 들려왔다.

"나 오늘 지방 잠깐 다녀올 거니까! 사무실 잘 지켜! 그래, 데이트하러 간다, 자식아!"
"목소리 참 크네⋯."

뒤에서 크게 전화하는 사람은 버스에 탄 뒤로 여기저기 전화를 자꾸 걸며 신나게 대화를 이어가고 있었다. 주변 사람들이 가만히 있으니 멈출 줄을 몰랐다. 뭐 그것도 여행을 떠나는 설렘 때문인지 모른다. 성훈은 습관대로 쪽지를 꺼내 저 사람이 말하는 내용 중에 신경 쓰이는 단어들을 적어 내려갔다. 신경 쓰인다기보다 자신의 소설에 영감을 주는 소재를 찾고 싶었다.

"바람, 데이트, 도착, 평일."

별 특이한 점이 없는 단어들. 성훈은 그럼에도 소재의 소중함을 알기에 지우지 않았다. 그리고 저 남자는 어딘가에 또다시 전화를 건 모양이다.

"도와줘서 감사하다고? 한 달 됐으니까 약속이나 지켜!"

종이에 한 달, 감사라는 단어를 추가시키며 성훈은 저 남자의 목소리는 마치 우리보고 들으라는 듯한 뉘앙스로 느껴졌다. 뭔가 과시하려는 듯한 자세. 상당히 공격적이고 열정적인 여행인 모양이었다.
하지만 저 남자 말고도 조용히 들려오는 다른 사람들의 언어가 있기에 성훈은 버스 안 전체에 집중하며 손에 샤프를 쥔 채 귀를 기울였다.
성훈이 주변의 소리에 집중하며 종이에 글자를 적는 동안 진환은 전혀 신경 쓰지 않았고 본인의 시간에 충실했다. 성훈의 예상대로 진환은 곤충 박물관에 가서 어떤 정리를 할 생각이었다.
사람들에게 인기를 얻고 있던 여행 커뮤니티 채팅방에서 두 사람은 우연히 만났다. 이츠카라는 회원이 만든 방이었는데 곤충 박물관으로 떠나자는 너무도 재미없는 제목이라 사람이 거의 없었다. 채팅방엔 성훈과 진환 총 두 명이 들어왔고 진환은 산속 깊은 곳에 곤충 박물관이 있는데 그곳에 가면 마음의 안정을 얻을 수 있으며 그곳엔 아이러니하게 자신의 헤어진 여친이 일을 하고 있다고 했다. 네트워크상일 뿐이지만 그런 대화를 하며 우린 안타깝기도 했고 매일 저녁 채팅방에서 진환을 만나며 서서히 가까워졌다. 그런데 헤어진 여친이 있는 곳이라니 미련이 많이 남아 있는 걸까. 그러다 얼마 뒤 진환은 헤어진 여친을 보러 갈 생각이 아예 없진 않다고 말했고 이때다 싶었는지 방장이 같이 가자고 부추긴 덕에 결국 이렇게 두 명이라도 모여서 곤충 박물관으로 향하게 된 것이었다.

"근데 가자고 분위기 잡던 사람만 쏙 빠졌네."

하지만 그런 것도 나쁘지 않다고 좋게 생각하며 성훈은 종이에 점점 늘어나는 단어를 응시했다. 나라면 과연 이 단어, 이 소재들로 어떤 소설을 쓸지 상상하면서.

2003년 7월 7일 월요일 AM 8시 30분

"날 보면서 뭔가를 떠올렸죠?"
"네?"
"저 사람은 왜 인터넷에서 만난 사람과 왜 지방에 있는 관광지까지 가려는 걸까. 혹시 수상한 사람은 아닐까. 그런 의문이 들죠?"

"글쎄요."

"조금 전 포장마차에서의 활발했던 모습은 어디로 가고 갑자기 왜 차갑게 식어버린 채 대화도 안 하고 창문만 바라보고 있는 걸까. 그런 의문이 들죠?"

"굳이 대답을 드리자면 진환 씨는 미술관의 그림을 하나하나 보며 정리를 하고 있는 거 같아요. 창문 밖의 풍경이 빠르게 지나가지만 또렷하게 뭔가를 하나의 작품처럼 기억하고 있어요."

"…"

"당신은 지금 자신의 인생이란 미술관에서 관람객이 되어 걷고 있는 거죠."

"흠 그렇게 보이나요?"

"그래서 전 지금 그 미술관의 그림은 마음에 드는지 어떤지 옆에서 조심스레 물어보고 싶을 뿐이에요."

"알 수 없는 소리를 하네요. 어쨌든 저는 찐 계란이랑 탄산음료입니다."

"네?"

"그쪽 옆에 자리가 비어 있잖아요. 아까 사람들이 줄은 서 있었지만 은근히 빈자리가 많네요. 기사 아저씨가 눈치를 줄 때까진 간식 먹으면서 얘기나 하죠."

"네. 그럼요."

성훈은 갑자기 옆자리로 옮겨온 진환에게 봉지에서 찐 계란과 탄

산음료를 꺼내 건네줬고 봉지에 남겨진 아직 온기가 남아 있는 호빵을 손에 쥐었다.

"성훈 씨는 무슨 일을 하세요."
"작가 지망생이에요."
"작가 지망생? 아 그렇구나. 그래서 종이에 단어를 그렇게 적고 있었네요. 습관 같은?"
"네, 그렇죠. 이렇게 습관화를 해야, 소설을 쓸 때 그나마 계속 이어갈 수 있어요."
"글 쓰는 게 힘든가 보네요."
"네, 힘들어요. 하지만 앞으로도 계속 힘들어야 한다고 생각해요. 쉽게 쓴 글을 사람들에게 보여주고 싶지는 않아서요. 저 역시 학창시절에 알던 여학생이 있었는데 지금은 연락조차 안 되지만 그때 했던 약속을 배신하지 않으려고 노력하고 있어요."
"무슨 약속을 했는데요?"
"오늘 함께했던 자전거 여행을 잊지 않겠다고요."
"그 여행이 어땠는지 궁금하지만 뭔가 되게 소중한 거 같아서 일단 아꼈다가 나중에 들을게요."

진환은 씩 웃으면서 찐 계란 껍데기를 까기 시작했고 성훈은 호빵을 한입 베어 문 뒤 시원한 물이 담긴 페트병의 뚜껑을 돌렸다.
그때 뒤에선 목소리 큰 남자가 떡볶이와 호빵의 열기를 담은 듯 또다시 핸드폰 너머의 누군가에게 그걸 내가 어떻게 아냐며 화를 내고 있었다.

오늘 여행은 꽤나 여름에 충실한 거 같다.

2003년 7월 7일 월요일 AM 8시 50분

"근데 왜 저랑 같이 박물관에 가려고 한 거죠? 이츠카라는 사람이 같이 가자고 분위기를 만든 것도 있지만 그래도 굳이 그럴 필요는 없잖아요. 아까 들어보니 규재라는 분에게 이메일을 보내서 사과를 받고 싶다고 했다는데 그것도 솔직히 이상하고요."

"성훈 씨는 무서워하는 곤충이 있어요?"

"네? 무서워하는 곤충이요? 글쎄요."

"누구나 마음속에 두려워하는 것이 있잖아요. 저는 여행 커뮤니티 채팅방에서 얼굴도 모르는 당신들이랑 이야기를 나누면서 속으로 생각했어요. 이 사람들과 같이 곤충 박물관에 여행을 가도 괜찮겠다고… 성훈 씨도 이츠카라는 그분도 두려움에 관련된 뭔가를 조금 전 창문만 보던 저처럼 정리를 하고 싶어 보였어요. 그래서 그런 분위기가 만들어졌을 때 못 이기는 척 여행 날짜를 정해버렸죠."

"그런 두려움을 곤충에 연관시킬 수 있다는 거네요."

"뭐, 그렇게 볼 수도 있겠죠. 그럼 얘기도 많이 했으니 휴게소 도착하기 전까지 잠 좀 잘게요."

성훈은 그가 꺼낸 이야기를 곱씹으며 종이에 두려움과 곤충을 적었다. 여행의 목적을 보면 곤충에 우리가 가진 두려움을 대입해서 정리하는 시간을 가지자는 것인데 여기서의 정리는 과연 좋은 뜻일까 나쁜 뜻일까. 성훈은 말없이 계속 머릿속으로 생각하고 있었고 그때 잠을 자겠다는 진환은 눈을 감은 채로 말했다.

"사마귀…."
"네?"
"사마귀였어요. 제가 무서워했던 건…."

***

햇살이 뜨겁게 감싼 녹색의 시골 그 풍경 속 작은 흙길에서 진환은 한 발자국도 나가지 못한 채 겁을 먹고 있었다.
앞에 서 있는 뭔가로 인해 도저히 움직일 수가 없었다.

"나 학교 가야 한단 말이야. 안 비켜?"

말을 그렇게 하고 있었지만 다리는 떨렸고 눈물이 날 거 같았다.
저 냉정하고 흔들림 없는 째진 눈. 뭐든지 베어버릴 거 같은 낫처럼 생긴 앞다리. 왠지 모르게 소름이 돋는 긴 몸통. 거기에 당장이라도 날아올 거 같은 큰 날개.
진환은 등교를 하다가 길에서 사마귀를 마주치는 날엔 늘 지각을 해야 했다.

그래서 마음속에는 늘 저 사마귀가 자신의 미래를 망친다고 느꼈다.

"너 여기서 또 이러고 있니."
"혜선아."

진환은 같은 반 친구가 말을 걸어왔지만 눈도 마주치지 않고 이름만 부를 뿐이었다. 고개를 돌리면 사마귀가 자신한테 날아올까 봐 한눈을 팔 수 없었다.

"오늘도 지각하겠네?"
"응. 네가 도와주지 않으면 백 프로 할 거야."
"음….'

혜선은 천천히 사마귀 옆으로 걸어갔고 살짝 허리를 숙이며 웅크린 뒤 인사했다.

"사마귀야, 안녕. 진환이는 네가 너무 무서워서 등교를 못 하겠대. 괜찮으면 다른 곳으로 가줄래?"

혜선은 사마귀에게 귀띔을 듣는 시늉을 하다가 외쳤다.

"뭐? 진환이는 내가 알아서 할 테니 걱정하지 말고 빨리 등교하라고? 응, 알았어~!"

"알아서 한다니? 뭘 알아서 하는데? 혜선아!"

공포에 떠는 진환이의 반응을 재밌어하며 혜선은 노랗게 익은 담뱃잎을 따고 있는 같은 동네 농부 아저씨들께 인사를 한 뒤 유유히 녹색의 풍경 속을 걸어갔다.

하지만 진환에겐 그런 여유가 없었다.
평화롭게 머리 위를 날아다니는 수많은 잠자리들도 위로가 되지 않았고 결국 겁많은 소년은 빠르게 돌아선 뒤 전속력으로 돌아가는 길을 선택했다.

"사마귀 너, 두고 보자!"

그렇게 외쳤지만 벌써 수십 번 수백 번 한 말이었고 산을 넘어야 하는 돌아가는 길은 오늘따라 더 멀게 느껴졌다. 언제쯤이면 사마귀를 무시하고 길을 걸어갈 수 있을까. 마음껏 날 수 있는 새들과 잠자리가 진환은 부럽기만 했고 소년이 떠난 텅 빈 길을 사마귀는 조용히 바라보고 있었다.

2003년 6월 16일 월요일 PM 21시

시골집 거실로 통하는 문 옆에 바로 붙어 있는 무릎높이 정도의 넙은 마루에서 윤재와 상진은 수박을 먹으며 이야기를 나누고 있었다.

"제가 볼 때 이 집은 개조한 거 같습니다."

"개조?"

"우리가 앉아 있는 이 마루엔 장판이 깔려 있지만 사실 콘크리트를 덮고 있는 거잖아요. 아마 예전엔 이 위로 올라와서 신발을 벗고 올라가는 방식이었을 겁니다. 즉 원래 마루는 이 위에 나무 기둥을 세워 만들었겠죠. 마루보다 높은 문 앞 계단이 힌트였어요."

"집 형태를 보니 좀 그런 거 같기도 하네. 우린 그럼 개조된 콘크리트 바닥을 마루로 쓰고 있다는 거지?"

"네, 그런 거죠. 마루에 올라가기 위한 디딤돌 역할이었던 콘크리트 바닥이 다시 태어난 거죠."

"다시 태어난다라…."

윤재는 후배의 장황한 설명을 듣고 난 뒤 피던 담배를 내려놓고 어두워진 시골 하늘을 바라봤다.

"무슨 걱정 있으세요."

"걱정은 무슨."

"아니면 다행이네요."

"근데 너는 나랑 이 일을 하는 게 어때? 할 만해?"

"하고 싶어서 하겠어요. 어쩌다 보니 이러고 있는 거죠."

"이 자식은 잘 나가다가 한 번씩 기습적으로 상처를 주네."

"형님, 저쪽 좀 보세요."

"응?"

고양이는 후배가 챙겨준 사료를 다 먹고 그루밍을 하고 있었는데 어느새 돌담 위에 올라가 윤재처럼 시골 하늘을 하염없이 바라보고 있었다.

"외로운 걸까요."
"자주 찾아오기는 하지만 항상 이곳에 있는 게 아니니까 아마 키우던 고양이는 아닐 거야. 그래도 애정을 가지고 집주인이 챙겨주고 있었겠지."
"사람을 피하지 않고 친근하게 다가가는 건 사실 위험할 수도 있는데 걱정되네요. 차를 좋아하는 것도 그래요. 너무 익숙하니 위험한 걸 모르고 도로에 뛰어들어 사고를 당하기도 하고요. 뭐, 습성에 관련된 것도 있겠지만요."

"꼭 남을 믿기 위해서 부단히도 노력하는 거 같네. 그게 고양이의 삶인가."
"그거 아세요. 꼬리를 바짝 세우면서 다가오면 그건 신뢰의 의미래요. 나를 믿어주고 표현을 해준다니 고양이는 참 솔직한 거 같아요."
"그래, 솔직하지… 아마 저 고양이는 우리보다 저 어둠에 더 당당할 거야."
"무슨 소린지 모르겠네요. 하암~ 저는 여기서 걍 잘랍니다 형님은 들어가서 주무세요."

"그래, 자라."

야식으로 수박을 실컷 먹고 졸렸는지 상진은 마룻바닥에 누워버렸고 윤재는 혹시 몰라 방에서 가져온 베개를 건네줬다.

"디딤돌이라…."

그는 영 폼 안 나지만 꺼져가는 담뱃불을 다 먹은 수박의 껍질로 확실하게 꺼트린 뒤 어둠 속을 바라보는 고양이의 뒷모습을 한참 동안 두 눈 속에 담았다.

4. 휴게소

2003년 7월 7일 월요일 AM 9시 50분

"일어나세요."

누군가 살짝 어깨를 흔들며 깨우자 졸고 있었던 성훈은 자신이 버스에 타고 있다는 사실을 빠르게 깨닫고 허전한 두 손을 확인한 뒤 바닥에 떨어진 종이와 펜을 주웠다.

"박물관에 다 온 거예요?"

"아니요. 휴게소에 다 와가잖아요."

"아, 휴게소."

"간식도 다 먹었는데 뭐 좀 먹을까요."

"호빵을 먹어서 딱히 배가 안 고파요. 저는 괜찮아요."

버스에서 최대한 속이 편한 상태로 여행을 가고 싶은 성훈의 입장에선 음식을 자주 먹으려는 진환의 권유가 살짝 부담스러웠다.

"그래요? 어쨌든 저는 휴게소에 올 때면 우동을 꼭 먹어요. 어렸을 땐 면도 그렇고 국물 맛과 특유의 향도 그렇고 이상하게 싫더라고요. 어지럼증까지 올라오곤 했죠."

"아… 저도 비슷한 게 있어요. 자동차 안에 모과가 있으면 어지럼증 때문에 힘들더라고요. 순식간에 녹초가 되죠. 거기에 날씨까지

덥고 차 기름 냄새가 섞이면 정말 끔찍하죠. 휴게소에서 한참 쉬다가 차에 타도 사그라들지 않았어요."

"하지만 나이를 먹으면서 우동의 이상한 맛과 향은 간결하고 깔끔한 맛으로 변했죠. 지금은 너무 좋아하는 음식이에요."

"그러게요. 지금은 모과 냄새도 기름 냄새도 그럭저럭 무덤덤하게 넘길 수 있으니까요."

"어쩌면 휴게소는 알게 모르게 긍정적으로 변화하며 사는 법을 알려주는 곳인지도 모르겠네요."

"당신들 시간 안에 도착 안 하면 가만두지 않을 거야!"

두 사람은 여전히 화가 식지 않은 남자의 호통소리에 놀랐지만 휴게소에 대한 이야기를 나누며 느꼈던 훈훈한 분위기가 깨지기는커녕 이젠 특수효과음처럼 재밌게 느껴지기 시작했다.

"계약에 문제가 생겼나 봐요."
"그러게요."

성훈은 종이에 가만 안 둠이라고 적은 뒤 만족스러웠는지 기분 좋은 표정으로 크게 숨을 내쉬었다.

"목청 큰 저분 덕분에 좋은 스토리가 생각났나 봐요?"
"네. 나중에 소설 쓸 때 꽤 도움이 될 거 같아요."
"저한테 제일 먼저 주시는 거죠?"

"아, 네! 그럼요."

먹는 얘기와 소설 얘기 그리고 목소리 큰 남자의 하모니 끝에 드디어 휴게소가 모습을 드러냈다. 버스는 서서히 속도를 줄이며 주차장에 안착했고 창문 밖에선 우리처럼 어딘가로 떠나는 사람들이 시외버스에서 내리고 있었다.
"15분 동안 정차하겠습니다."

너무도 짧은 시간이었지만 휴게소는 두 사람에게 설렘을 주기에 충분했다.
왜냐면 휴게소니까.

2003년 7월 7일 월요일 AM 9시 55분

"진짜 우동을 드시게요? 정차시간이 15분밖에 되지 않는데."
"괜찮아요. 저 이래 봬도 빨리 먹거든요."
"그러다 체할 거 같은데…."

아직 화장실도 다녀오지 않았는데 그 시간까지 합치면 과연 우동을 15분 안에 먹을 수 있을까 걱정이 되는 성훈이었다. 반면에 진환은 여유롭게 걸으며 우동을 먹을 생각에 행복해하고 있었다. 진환이라는 사람은 현실감각이 없는 걸까. 시간에 늦으면 기사 아저씨와 승객들에게 엄청난 민폐를 끼치는 것인데 그런 것에 대한 걱정은 없는 걸까. 만약 승객 중에 시험이나 계약 같은 중요한 일을 앞둔 분이 있다면 아마 용서 받지 못할 것이다. 그러고 보니 한 명 있긴 했다.

그 목소리 큰 사람. 분명히 제시간에 도착 안 하면 가만 안 둔다고 했는데 그 말은 본인도 계약하는 자리로 향할 가능성이 높다는 말이다. 약속 장소에 상대방보다 늦게 도착하면 결례를 범하는 거라 생각해서 그렇게 흥분 상태였다면 우동 먹다가 늦어버린 우리를 과연 용서할까.

성훈은 머릿속으로 화장실을 다녀온 뒤 진환 씨가 그냥 버스로 가자고 쿨하게 말하는 상상을 필사적으로 했다.

"화장실에 들어갈 때랑 나올 때랑 마음이 다르다는 선조들의 말을 한번 믿어볼까."
"네, 뭘 믿어요?"
"아니에요. 시간이 없으니까 빨리 화장실에 다녀오죠."

성훈은 빠르게 볼일을 본 뒤 손을 씻고 자동 손건조기에 말린 뒤 밖에서 그를 기다렸다.
이미 5분이 지나버렸다. 우동을 먹는다는 건 말도 안 된다.

"아, 저기 나온다."

성훈과 마찬가지로 손을 씻고 자동 손건조기에 말린 뒤 털면서 나온 진환은 고민 없이 말했다.

"볼일을 보고 나오니 더 배가 고프네~"

'망했다… 생각이 바뀌기는커녕 들어가기 전의 생각이 더 강해졌어.'

역시 휴게소는 예상할 수 없는 변화무쌍한 곳이었다.

"성훈 씨, 우동 먹으러 갑시다. 맞다, 안 드신다고 했죠?"

"아… 네….”

진환은 식당으로 빠르게 걸어가서 식권을 파는 여직원에게 가서 우동 두 그릇을 시켰고 최대한 가까운 테이블에 자리를 잡았다. 빨리 먹고 시간 안에 가려는 의지가 느껴졌다. 그리고 핸드폰을 꺼내 어딘가로 전화를 걸었다.

"혼자서 2인분을 드시려고요? 건강에 안 좋아요."
"우동 하나는 제 게 아니에요."
"네? 그럼 누구?"
"저기 있잖아요. 여보세요~ 아저씨 저 지금 식당에 들어와 있어요."

휴게소 식당 밖을 가리키는 손가락 쪽으로 성훈은 고개를 돌렸고 그곳엔 엄청난 크기의 육중한 덤프트럭이 서 있었다. 거리가 먼데도 위압감이 느껴졌고 그 안에서 덩치 큰 남자가 문을 열더니 살짝 점프를 하듯 바닥에 착지했다.

"저분이에요?"
"네. 저만큼이나 우동을 좋아하는 사람이죠."
"버스가 도착하는 시간에 맞춰서 오다니. 신기하네요."

아마 터미널에서 만났던 사람처럼 미리 연락을 한 거 같았다.

"신기한 게 아니에요. 미리 여기 도착해 낮잠을 자고 있었을 뿐이죠."

성훈은 한 가지를 바로 눈치챌 수 있었다.

"아, 그럼 덤프트럭으로 일을 하던 도중에 진환 씨를 만나기 위해 잠시 시간을 낸 건가요?"

"눈치 빠르네요. 맞아요. 아저씨도 빨리 우동을 먹고 가야 하는 처지가 우리와 같아요. 약속 시간에 늦지 않으려면 말이죠."

어느새 휴게소 식당 앞까지 다가온 남자는 심기 불편한 표정으로 문을 열고 테이블로 걸어왔다.

"안녕, 오랜만이네. 이제 몇 분 남았지?"
"5분이요."
"그래… 5분 안에 너랑 우동을 먹어야 하는 거네?"

우동을 먹지 않았는데도 포장마차에서 규재를 만났을 때처럼 속이 불편해지는 성훈이었다.

2003년 7월 7일 월요일 AM 10시

덩치 큰 남자는 진환 앞에 앉은 뒤 짧은 안부를 물었다.

"진짜 오랜만이네. 잘 지냈어?"
"네. 한솔이 아저씨."

두 사람은 인사를 나눈 뒤 아무 말 없이 우동이 언제 나오는지 식당 아줌마만 뚫어지게 바라보고 있었다.

"뭐야… 아무 말도 안 하네…."

성훈은 이 상황이 이해되지 않았다. 보통 친했던 사람과 오랜만에 만나면 서로의 안부를 물으며 얼싸안거나 반가워해야 하는데 두 사람은 인사만 나누고 오히려 서로에게 관심이 없는 듯했다. 오히려 서로 볼일만 보고 빨리 가자는 분위기였다. 물론 지금 상황은 그게 맞기도 하지만 그래도 여기서 시간약속을 잡고 만난 건 좀 더 중요한 뭔가가 있어서가 아닌가.

"성훈 씨, 우리 37번 맞죠?"
"네? 아 맞아요. 우동 나오네요."

식당 아줌마는 우동 두 그릇을 넓은 플라스틱 쟁반에 올려주셨고 눈빛으로 우리를 불렀다.
성훈은 팔짱을 끼고 있는 한솔 씨가 미동도 안 하는 걸 확인한 뒤 어쩔 수 없이 자리에서 일어났다. 진환 씨는 눈도 안 마주치고 있으니 저 우동을 가져와야 하는 건 아마도 나일 것이다.
솔직히 약간 따지고 싶기도 했지만 시간이 없다.

"혹시 고춧가루 뿌리실 분?"

미동도 안 하던 한솔 씨와 눈도 안 마주치던 진환 씨 두 명 전부 손을 들었고 성훈은 고춧가루 통을 들어 우동에 살짝 뿌린 뒤 작은 종지 그릇에 단무지를 담아 쟁반에 올렸고 젓가락과 숟가락을 챙겼다.

한솔 씨는 성훈이 쟁반을 테이블에 올려놓자 가볍게 고맙다는 목례를 한 뒤 젓가락을 들고 우동을 먹기 시작했다. 진환 씨도 이에 질세라 단무지를 먼저 한입 베어 문 뒤 젓가락으로 우동면을 들어 올렸다.

"먹어볼까?"

버스 탑승까지 남은 시간은 3분. 두 사람은 여유 있게 우동을 먹기 시작했고 우동면의 탄력이 느껴지는 후루룩 소리가 성훈의 양쪽 귀로 힘차게 출렁이고 있었다.

"이건 분명히 맛있겠는데…."

남은 시간도 얼마 없고 먹으면 배가 아파서 곤란해질 수 있는데 성훈은 나도 한번 시켜볼까라는 생각이 스멀스멀 들고 있었다. 하지만 시간상 불가능하기 때문에 혹시 한입을 줄까 싶어 두 사람을 바라봤지만 그런 말을 꺼내면 뭐 하는 짓이냐는 유의 말이 나올 거 같은 표정이라 눈물을 머금고 포기했다.

"그래, 역시 중요한 건 빨리 저 버스에 타는 거야…."

점점 우동은 바닥을 드러내고 있었고 그때까지도 두 사람은 아무런 말도 하지 않았다. 이제 남은 시간은 1분. 출발시간에 늦지 않기 위해 달려가는 식당 밖의 사람들은 성훈에게 왠지 모를 긴장감을 느끼게 했다. 말이 15분이지 사실은 조금 더 일찍 출발하는 경우도 있어서 불안감이 자꾸 샘솟았다. 이러다간 정말 민폐를 끼치게 된다. 나중을 기약하고 상황을 정리하는 게 맞아 보였다.

"저기 죄송하지만…."
"그럼 잘 가라."
"네, 잘 갈게요. 응? 어라?"
"다음에 또 봐요. 아저씨."

어느새 우동을 다 먹은 두 사람.
한솔 씨는 컵에 담긴 물을 마신 뒤 쟁반에 올리고 자리에서 일어나 밖으로 향했다. 그때 진환은 말했다.

"오늘 만나러 온 건 진심이 맞는 거죠?"

덤프트럭 쪽으로 걸어가던 그는 그 말을 듣고 등을 보인 채로 오른손을 들어 잠시 흔들었다.

"그럼 성훈 씨, 빨리 버스 타러 갑시다. 전속력으로 달려요."

"아, 네!"

진환 씨의 표정을 보니 변화무쌍한 휴게소에서 먹은 우동은 역시 예술이었나 보다.
괜히 부러운 성훈이었다.

2003년 7월 7일 월요일 AM 10시 5분

슬로모션처럼 덤프트럭은 느리게 속도를 내며 먼저 휴게소를 떠났다. 뭔가를 많이 짊어지고 힘들게 나아가는 느낌이 성훈은 강하게 들었다.

"왜 우동을 먹으면서 아무 말도 안 했어요?"

"…"

"10분도 채 안 되는 시간 동안 뭔가가 해결된 건가요?"

아슬아슬하게 15분 안쪽으로 들어와 의자에 앉은 진환은 숨을 고르며 성훈을 물끄러미 응시했다.

"내 나름대로 저 사람의 진심에 의지하려고 노력한 거죠. 하지만 역시 그 진심을 어디서 느껴야 하는 걸까요."
"노력이요?"
"연락을 해서 말했죠. 휴게소에서 만나 그날 밤처럼 맛있는 걸 먹어보자고요. 그 시간 속에서 삶에 대한 진심을 느낄 수 있다고 전 믿어보려 했죠."
"그게 잘 안됐나요?."
"그래도 같이 우동을 먹어서 기분은 좋았네요."

"이런 말 해도 되는 건지는 모르겠지만 저 무거운 덤프트럭을 이끌고 길을 헤쳐가는 마음은 거짓이 아닌 거 같아요. 저 사람은 자신의 짐을 책임지기로 마음먹은 거 같아요."
"어떻게 확신하죠?"
"우동을 먹으면서 계속 시간을 확인했어요. 약속 시간에 늦지 않겠다는 거죠. 단 10분밖에 안 되는 시간인데 그랬어요. 그런 필사적인 마음을 저는 본 거 같아요."
"그런가요…."
"짙어진다는 건 그런 거예요. 진심을 한번 믿어봐요."

성훈은 밝아 보이면서도 주기적으로 부정적인 모습을 보여주는 진환 씨의 마음 한편에 어두움이 숨어 있는 듯 느껴졌다.

"그런데 진환 씨는 초등학교 때 어땠어요?"
"네? 갑자기 왜요?"

성훈은 뭔가 고등학교 때 인호의 첫사랑과 진환 씨가 사귄 건 숨겨진 사정이 더 있는 거 같았다.
그리고 그것이 우리를 여행하게 만든 계기가 아니었을까.
인호 씨를 비롯한 두 사람 모두 다른 중학교를 다녔다고 한다. 그렇다면 진환 씨가 다닌 초등학교 시절에 어떤 일이 있었을 것이다.
종이에 달리기, 우동, 아슬아슬을 적은 성훈은 진환 씨가 초등학교 시절 얘기를 해주길 원했지만 역시 무리였다.

"죄송하지만 비밀로 하면 안 될까요?"
"네, 그럼요."

그때 뒤에서 또다시 큰 목소리가 들려왔다.
"뭐? 겁나서 못 하겠다고? 이제 와서 무슨 소리야. 약속한 건 지켜야지! 내가 그동안 공들인 일을 당신이 망치려! 어? 뭐야~ 여자친구한테 전화가…."

조금 전까지 화를 내고 있던 남자는 여자친구한테 전화가 오자 순식간에 태도가 부드러워졌다.

"어, 자기야. 나 이제 휴게소에서 쉬다가 출발했어. 응, 나도 보고 싶어. 조금만 기다려."

진환 씨는 그의 사랑의 속삭임을 강제적으로 들으면서 엄지손가락을 치켜세웠다.

"역시 사랑의 힘은 위대하네요."

"그러게요."

성훈은 종이에 돌변이라고 적은 뒤 창밖을 바라보며 생각에 잠겼고 진환은 눈을 감고 다시 잠에 들었다.

***

덤프트럭의 바퀴가 바닥을 짓누르며 달릴 때 날리는 먼지는 시골 길을 달리는 아이들의 발자국이 만드는 먼지를 닮아 있었다.

아이들은 지각도 아닌데 가을 추수를 기다리며 춤추는 드넓은 들판의 녹색의 벼와 함께 바람을 느끼며 달렸다.

"지금 시간엔 사마귀가 없겠지?"
"진환아, 일찍 등교하네?"
"어… 안녕."
"밥 먹고 갈래?"
"됐거든?"

진환과 혜선은 같은 시골 동네에 살고 있어서 등교할 때마다 마주치는 경우가 많았다.

그래서 진환이 사마귀를 만나 겁먹을 때마다 혜선이가 뒤따라가 놀리곤 했다.

"이번에 새로 온 전학생 알지? 걔는 학교 주변 풀숲에서 사마귀 잘 만지더라. 이름이 귀호라고 했나."
"우리 반은 아니네. 그럼 관심 없어."
"하지만 구름이랑 같은 반이잖아. 근데 너 일찍 등교하네. 웬일이야?"

진환은 심각한 표정으로 말했다.

"일찍 등교하면 사마귀가 없거든."
"…."
"왜…."
"푸흡…."
혜선은 사마귀가 무서워 등교를 일찍 해서 피하려는 상황이 현명하면서도 황당해서 배를 잡고 웃었다.

"그래, 웃어라. 나는 간다."

혜선의 집을 뒤로하고 진환은 사마귀가 없는 길을 여유 있게 걸으며 배시시 미소를 지었다. 이런 게 자유인 걸까.

"신나는데 달려볼까? 이야호~!"

진환은 아무도 없는 길을 신나게 달렸고 아이들이 내려가기엔 경사가 높은 개울가에 다다르자 누군가를 발견하고 멈춰 섰다.
친구들과 서로 잡아주면서 내려가면 되기에 나름의 스릴을 느끼면서 물고기도 잡을 수 있는 놀이터였는데 처음 보는 남자아이가 내려갈 생각은 없이 경사로 위 갓길 풀숲에 뭔가를 만들고 있었다.

"너 누구야? 처음 보는데?"

진환은 순간 조금 전 혜선이가 말했던 전학생이 생각났다.

"아, 너 혹시 귀호라는 전학생이야?"
"이런. 벌써 한 마리인가."
"응? 뭐라고?"
"흠. 그래. 난 전학 왔어. 산 너머 저쪽에 사는데 심심해서 이쪽으로 와봤어."
"심심하다고? 등교 안 해?"
"거긴 이미 잡혀 있는 곳이잖아."
"무슨 소리를 하는 거야."
"너 개울 좋아해?"
"응? 경사로가 높아서 내려갈 때 무섭긴 하지만 좋아하지."
"그래 그럼 됐어."

학교에 가는 것엔 관심이 없는지 귀호라는 전학생은 다시 몸을 숙이고 풀숲에 손을 넣었다.

"난 갈 길이나 가야겠다."

사마귀의 존재를 피해 자유를 얻은 진환은 특이한 전학생과 잠시 대화를 나눈 뒤 다시 달리기 시작했다.

2003년 6월 21일 토요일 PM 14시

"고양이, 오늘은 배가 안 고픈가?"
"그러게요. 차 밑에서 안 나오네요."
"날씨가 더워서 그런가? 얼음물을 줘볼까?"
"얼음물은 안 좋다고 하네요. 그냥 적당히 시원한 물을 주죠."
"그래."

윤재는 차 밑에서 꼬리만 내놓은 채 숨어 있는 고양이를 보며 입에 담배 한 개비를 물었다. 하지만 담뱃불을 붙이진 않았다.

"냐옹아, 거기 있으니까 편하냐? 너도 나처럼 더위를 먹었나 보구나."

그때 동네 스피커로 여자의 목소리가 은은하게 울려 퍼졌다.

"동네 주민분들에게 알려드립니다. 현 시간부로 이 지역에 폭염특보가 발령되었습니다. 주민분들은 탈수증상에 걸리지 않도록 주의하시고 야외활동을 자제하시기 바랍니다."

"역시 그럴 줄 알았어."

"그런데 형님."

"응?"

종이그릇에 물을 담아 차 밑에 내려놓은 상진은 윤재에게 숨기고 있던 사실을 털어놓았다.

"제 생각에 저 고양이, 아마 건강에 문제가 있는 듯합니다."

"그래? 어디가?"

"그게 입 쪽 같아요. 자세히 보면 팍팍 먹는 게 아니라 시간이 지날수록 옆으로 조심히 먹더라고요. 우리가 처음 왔을 땐 순식간에 사료를 먹었는데 말이죠."

"동네나 산을 돌아다니다가 뭐를 잘못 먹은 건가?"

"그냥 더위를 먹은 거라면 차라리 낫죠. 만약 입에 문제가 있어서 잘 못 먹는 거라면 생각보다 문제는 심할 수 있어요."

윤재는 고양이의 꼬리를 보며 잠시 고민한 뒤 입을 열었다.

"고양이 약을 한번 수소문해 봐."

"수소문이라니… 그냥 동물병원을 가면 되잖아요. 이럴 때도 일할 때 습관이 나오시네요."

"바보냐. 지금 우린 흔적을 남겨서 좋을 게 없으니까. 되도록이면 현금으로 계산하고 신분을 요구하면 비싸다고 대충 둘러대고 나와."

"상황이 그렇긴 하네요."

"사실 이 집에 있을 수 있는 것도 집주인 할아버지가 병 때문에 한 달간 입원을 하게 돼서 집을 너무 방치하면 안 되니 친한 친구의 자식들에게 한 달 동안 농촌체험의 일환으로 지낼 수 있게 해준 거라는 소문을 그 사람이 퍼트렸기 때문에 가능한 거잖아."

"그래서 어제는 석준 아저씨네 물 빠진 논에 급수를 했고 오늘은 유선 아줌마네 소들한테 여물도 줬죠. 일할 것투성이에요. 동네에 벌레는 왜 이렇게 많은지 몸에 자꾸 달라붙으니까 스트레스도 심하고요."

"그래도 보람차지 않아?"

"짜증과 보람 중 어느 쪽이냐고 하면 그래도 보람 쪽이죠."

"난 요즘 그런 생각이 든다. 이 폭염이란 것은 과연 나쁜 자들을 느리게 만들 수 있을까?라는 거 말이야. 폭염을 참으며 뭔가를 하는 사람들이 있다면 난 그게 이 동네 주민분들처럼 구슬땀 흘리며 땅을 고르고 밭을 일구는 그런 가치를 아는 사람들이었으면 해. 그리고 이런 폭염에 억눌려서 움직이지 못하는 건 남을 해하고 상처 주려는 자들에게만 적용되었으면 좋겠어. 왠지 폭염이란 게 그런 거였으면 좋겠다는 말이야."

"큰일이다. 형님이 더위를 먹어서 정신이 이상해졌어."

"너는 어떻게 생각하냐, 냐옹아?"

고양이는 오늘 차 밖으로 나올 생각이 없는지 꼬리를 흔들며 대답을 대신했다.

5. 도착한 곤충 박물관

2003년 7월 7일 월요일 PM 13시

여러 일들이 있었지만 버스는 지방 버스터미널에 무사히 도착했다. 성훈은 아직 덜 깬 잠을 억지로 이기며 진환을 깨웠다.

"다 왔어요."
"하암~"

두 사람은 각자 가져온 가방을 챙기고 기사 아저씨에게 인사를 하며 버스에서 내렸다.

"감사합니다~!"

지방 터미널은 사람이 적고 아담해서 성훈은 뭔가 포근하고 정감이 갔다.

"아직 곤충 박물관은 안 갔지만 벌써부터 기분이 좋은데요. 주변에 높은 건물도 없고 산들이 많아서 마음이 편해져요."

"맞아요. 저도 그래서 이곳에 자주 찾아오죠."

"응? 당신은 뒤에서⋯."

"하하 제 목소리가 크긴 했죠? 죄송합니다. 차 계약을 해야 하는데 자꾸 트러블이 생겨서 예민해졌거든요."

"차 계약이요?"

"네, 왜요?"

진환은 차 계약이라는 말에 뭔가가 생각났는지 목소리 큰 남자에게 말을 걸었다.

"저도 얼마 전에 타고 다니던 차를 중고차 판매 대리인에게 부탁했거든요. 판매를 하면 계약서랑 돈을 준다고 했었는데 연락이 안 오네요. 뭐 이젠 상관없지만요."

"상관이 없다니요. 저도 차로 먹고살지만 그렇게 고객을 등쳐먹지는 않아요."

"뭔가 껄렁껄렁한 남자가 와서 판매위임 계약서를 받아 갔었는데 뭐 알아서 하겠죠. 그나저나 곤충 박물관에 가려면 터미널 앞으로 나가야 합니다. 거기서 박물관이 종착역인 셔틀버스를 타면 돼요."

"드디어 채팅방에서 진환 씨와 이츠카라는 분이 그렇게 열변을 토하던 곳에 가네요. 그분도 왔으면 좋았을 텐데."

"아, 저기 버스가 보이네요. 미리 타 있어도 되는 거겠죠?"

그는 버스에 대해 물어보며 박물관에 도착하기 전까진 자연스럽게 우리의 일행이 되고 싶어 하는 듯했다.

"그럼요. 골라 앉으세요."

진환 씨는 말은 그렇게 했지만 갑자기 다가와서 친한 척하는 목소리 큰 남자를 떨떠름한 표정으로 바라봤다.
성훈은 그게 뭘 의미하는지 알고 있었다.
그는 아마 버스에서 또 시끄러운 전화를 하며 사람들에게 피해를 줄 가능성이 높다.
그래도 조금 전에 사과를 했으니 믿어보는 건 어떨까?

"나 지금 곤충 박물관 다 와 간다고! 이 인간아! 실수하지 말고 준비한 대로만 해!"
"…."

그는 뒤쪽에 앉자마자 누구한테 전화를 걸더니 소리를 쳤고 그럼 그렇지라고 성훈은 생각했다.

"끊어, 이 자식아~!"

"그 계약 꽤나 중요한 건가 봐요. 부하한테 그렇게 열정적인 걸 보니…."

"하하하. 뭘요. 할 땐 해야 하니까요."

진환의 물음에 그는 넉살 좋게 대답했지만 버스에서 남에게 피해 주는 걸 다시 반복하는 것에 대한 미안함은 역시 없는 듯했다.

뒤에서 들려오는 고성에 심기가 불편해졌는지 기사 아저씨는 룸미러로 목소리 큰 남자를 한번 쳐다본 뒤 버스에 시동을 걸었다.

진환은 버스의 창문을 열고 바람을 쐬며 아무 말도 하지 않았다.
목소리 큰 남자 때문인 것도 있겠지만 지금까지와는 다른 분위기가 풍겼다.
정확히 설명을 못 하겠지만 창문 밖의 풍경에 스며들어 버스 뒤에 있는 블랙홀 속으로 빨려 들어갈 거 같았다.
그 정도로 지금 이곳에 몰입하고 있었다.

성훈은 종이에 실수, 준비, 호통, 창가, 바람을 적었다.

"좀 더…."

아직 부족한 무엇이 있는지 그는 아쉬운 표정을 지었다. 서울 터미널에서 진환 씨를 처음 만난 순간부터 사람들이 하는 말 중에 뇌리에 꽂히는 단어들을 적고 있었는데 놓치고 있는 뭔가가 있는데 잡힐 듯 말 듯 공기 속을 날아다녔다.

그래도 이 버스의 작은 덜컹거림과 시원한 바람만은 확실히 아름다웠다.

그렇게 우리는 앞으로 나아갔고 몇십 분 뒤 산속에 자리한 곤충 박물관이 저 멀리 서 있는 걸 확인할 수 있었다.

"조금 있으면 종착지인 곤충 박물관에 도착합니다."

"종착지라…."

익숙한 오르막길에 설레는 감정들. 진환은 오랜만에 찾아온 이 종착지에서 성훈처럼 뭔가를 찾으려 했다.

곤충 박물관 주차장에 도착한 셔틀버스의 문이 열리고 모노레일 관리자인 수연이 반겼다.

"어서 오세요. 곤충 박물관입니다. 한 분씩 조심히 하차하세요."

제일 먼저 내린 성훈은 환하게 웃고 있는 불개미 얼굴 모양의 박물관을 보면서 그 위용에 압도당했다.

"우와… 저게 곤충 박물관이구나. 살아 있는거 같아."

"건축가의 혼이 담겨 있으니 살아 있다고 봐도 무방하겠죠."

뒤이어 버스에서 내린 진환은 박물관에 감명받은 성훈을 기분 좋게 바라본 뒤 모노레일 타워에서 일하며 가끔씩 관객들을 챙기기 위해 버스 정류장에 와서 반기던 수연과 눈을 마주쳤다. 그녀는 눈앞에 헤어진 남자친구가 나타나자 두 눈을 의심했다.

"말도 안 돼."
"그동안 잘 지내셨나요."
"여긴 왜 온 거예요."
"걱정 마요. 당신 보러 온 거 아니니까. 오랜만에 모노레일이 타고 싶었을 뿐이에요."

성훈은 박물관의 위용에 압도당하면서도 종이를 꺼내 불개미와 모노레일을 적었고 그 입속으로 걸어갔다.

2003년 7월 7일 월요일 PM 13시 30분

진환은 오랜만에 만난 옛 연인 수연에게 잠시 인사를 한 뒤 모노레일 타워 매표소로 향했다.

"이제 다시는 안 온다고 했으면서…."

"저 사람이 그런 말을 했어?"

버스 문에서 들리는 소리에 수연이 깜짝 놀라 돌아보니 목소리 큰 남자가 박물관 아래쪽에 있는 또 하나의 주차장을 바라보고 있었다.

"강혁 씨… 왜 당신이 버스에서 내려?"

"응? 오늘은 버스 타고 왔는데. 얘기 안 했어?"

주차장을 바라보던 강혁은 수연을 향해 미소 지었다.

"얘기 안 했어. 그런데 오늘 누구 만난다고 했잖아. 그 사람이 아래쪽 주차장에 있는 거야?"

"응. 근데 아직 도착 안 했네. 에휴, 일 하나 성사시키기 정말 힘들다."

"더울 텐데 일단 대기실로 가자."

"그럴까."

모노레일 타워 안 대기실에 들어온 강혁은 의자에 앉아 땀이 맺혀 있는 이마를 손등으로 닦은 뒤 매표소 안 작은 냉장고에서 시원한 물을 꺼내 종이컵에 따르는 수연을 지켜봤다.

"자, 여기."
"아, 시원하다. 역시 자기가 최고야."
"그럼 여기서 쉬고 있어. 일 좀 하고 올게."
"자기야, 잠깐만. 사실 고백할 게 있어."
"응? 고백?"

일을 해야 하는 시간에 남자친구와 딴청을 피우는 게 미안해서 수연은 동료 희원을 바라봤고 모노레일 티켓을 구입하려는 사람들을 맞이하던 그녀는 괜찮다고 조금 더 대화를 나누라는 눈빛을 빠르게 보냈다.

"자기가 조금 전에 저 진환이라는 사람한테 앞으로 안 오기로 했는데 왜 왔냐고 했잖아. 사실 내가 데려왔어."
"응?"
"여행 커뮤니티에서 곤충 박물관으로 떠나자는 채팅방을 저 사람이 만들었는데 난 평소에도 여기에 자주 오니까 반가워서 들어갔지. 근데 저 사람이 이곳을 많이 좋아하더라고. 반드시 오고 싶다길래 어쩔 수 없이 함께 왔어. 아까 종이에 뭘 적던 남자랑 셋이서."
"그런 우연이….."
"우연이 아니야. 여행을 떠나고 싶어 하는 마음은 누구한테나 있잖아. 저 사람은 이곳을 그리워하다가, 채팅방 제목을 그렇게 지은 거겠지."

"아직도 진환 씨는… 그래… 떠나는 걸 좋아하는 사람이니까 여행 커뮤니티에 자주 접속하겠지. 나도 가끔씩 들어가곤 하니까…."

"자기가?"

"응. 나도 다른 곳에 여행 가고 싶을 때가 있으니까."

"그건 나와 아직 여행을 못 가서 화난 걸로 해석되는데."

"…."

"어쨌든 우리가 채팅방에서 만난 건 모른 척해 줘. 아직 저 사람은 이츠카가 난지 모르거든. 불편해할 수 있잖아."

"으응…."

강혁은 그런 수연이가 사랑스럽다는 듯, 볼에 뽀뽀를 한 뒤 빨리 가보라고 매표소 쪽을 한번 응시한 뒤 그녀와 눈을 마주 봤다.

자리를 떠난 수연을 뒤로하며 그는 다시 핸드폰을 꺼냈고 대기실 밖으로 나갔다.

모노레일 타워에서 나온 강혁은 티켓을 구입하려는 진환을 스쳐 지나가며 어딘가로 전화를 걸었고 성훈은 불개미의 입속에서 아직 들어가지 않은 채 타워를 지켜보고 있었다.

진환은 매표소 창구에 앉아 있는 두 여직원 중에 수연이 아닌 동료 쪽으로 걸어갔다.

"모노레일 한 장이요."

"진환 씨, 오랜만이네요. 1년… 만이죠?"

희원은 수연이와 진환을 번갈아 보며 눈치를 봤다.

"네. 1년 만이네요. 모노레일 도착하려면 한참 기다려야겠죠."

"뭐 산 한 바퀴를 돌아야 하니 일단 대기실에서 기다리세요."

"아니요. 저는 박물관에 잠시 다녀올게요. 놓치면 다음 거 타죠, 뭐."

"네. 그러세요."

진환은 그렇게 발길을 돌려 불개미의 입속으로 향했고 수연의 친구이기도 한 희원은 마음에 안 들었는지 저 사람 대체 뭐냐는 눈빛으로 수연을 바라봤다.
하지만 그녀는 아무 말도 할 수 없었다.
다신 찾아오지 않겠다는 약속을 깨뜨린 그를 애써 외면할 뿐이었다.

2003년 7월 7일 월요일 PM 13시 40분

성훈은 불개미의 입속에서 팔짱을 끼고 뭔가를 고심하고 있었고 진환은 함께 박물관에 오긴 했지만 굳이 같이 다닐 생각은 없는지 그냥 지나갔다.

"그럼 몇 시간 뒤에 보죠. 작가 지망생님."
"모노레일 먼저 타시는 거 아니었나요."
"산 한 바퀴 돌아서 오려면 아직 한참 남았고 대기실에만 있기엔 지루해서요."

정수기에서 물을 마신 진환은 1층에 있는 수생곤충관으로 들어갔다. 장구애비, 물자라, 소금쟁이 같은 물에서 사는 귀여운 곤충들이 헤엄치며 구경하는 관객들의 열정을 자극하고 있었다. 이렇게 2층, 3층으로 올라가면 더욱 많은 곤충들이 반길 것이기에 관객들은 모두 기대가 가득 찬 표정으로 물속의 곤충을 관찰했다.

진환도 오래전에 그랬었다.

***

"진환 씨, 소화 잘 안되죠."
"응. 오늘은 좀 그렇네요."

"저기 물방개를 잘 보세요."
"물방개요? 저 동글동글한 거?"
"네."

물방개는 수면에 올라와 갑자기 방귀를 뀌더니 다시 물속으로 헤엄쳐 내려갔다.

"저 봐요. 이제 속이 편하죠."
"무슨 소리를 하는 건지 모르겠네요."
"물방개가 방귀를 대신 뀌어줬잖아요."
"…."

과연 곤충 박물관에서 종사하는 사람다운 개그였다.

"그런 물방개가 멸종위기에 처해 있다니 안타까워요. 저렇게 귀여운데. 다른 사람들한테는 비밀이에요. 저는 이곳에서 물방개를 제일 좋아해요."

"비밀로 안 해도 아무도 신경 안 쓸 거 같은데요."

물방개를 제일 좋아한다는 수연의 고백 속에 순수함이 자리하고 있는 거 같아 진환은 가슴이 두근거리는 걸 느꼈다. 그녀라면 함께 나아갈 수 있을 거 같았다.

"저기 수연 씨."

"네?"

"우리 사귈래요?"

"…."

"너무 갑작스러웠나요."

수연은 고개를 도리도리 저었다. 그리고 잠시 뒤 작은 목소리로 말했다.

"물방개는 밤이 되면 불빛을 향해 헤엄을 쳐요. 너무도 쉽게 유인이 되는 거죠. 바보 같을 정도로 순수한 거예요. 오히려 물방개는 어둠 속에서만 사는 게 좋을지도 몰라요."

"수연 씨…."

"제가 진환 씨에게 바보 같을 정도로 다가가도 괜찮아요?"

곤충들을 즐겁게 구경하는 관람객들 사이에서 진환은 그녀와 나눈 오래전의 대화를 떠올린 뒤 무표정한 얼굴로 발걸음을 돌렸다.

"이제 그곳에만 가면 여기도 정말 마지막이구나."

"마지막?"

관람객 틈에 숨어 진환의 행동을 지켜보고 있던 성훈은 박물관과 이제 마지막이라고 말하며 다른 곳으로 향하는 그의 뒷모습이 유난히 외로워 보였다.

한편 강혁은 박물관에 들어갈 생각은 없고 계약에만 관심이 있는지 불개미 입구 주변에서 화를 내고 있었다.

"다 왔다며. 지금 어디야! 조금 있으면 나온다고! 지금 아니면 안 돼!"
"저기, 무슨 일 있어요?"

강혁은 자신의 화내는 모습이 아차 싶었는지 급하게 태도를 바꾸며 희원에게 부드럽게 말했다.

"하하, 아니요. 계약하기로 한 사람들이 좀 늦어서."
"수연이 앞에선 항상 친절하시면서… 일도 그렇게 하시면 좋을 텐데…."
"네, 노력하겠습니다."

희원은 지켜보겠다는 눈빛으로 그를 응시한 뒤 모노레일의 역사가 담긴 생각보다 금방 소진된 팸플릿을 한 아름 들고 타워로 빠르게 걸어갔다.

"그래… 여기서 수연 씨와 나는 처음 만났지."

진환은 수많은 곤충들이 박제되어 연구자료로 쓰이고 있는 도감실에 서 있었다.
수연 씨와 처음 만났던 그날과 전혀 달라지지 않은 곤충들은 압정에 박혀 있었지만 당장이라도 날아오를 거 같은 눈을 간직하고 있었다.

"그때 난 수연씨한테 뭐라고 말했었더라…."

마치 회오리처럼 곤충들이 잠들어 있는 유리관을 그는 살며시 쓰다듬었고 자신의 말을 듣고 슬픔과 호기심이 가득한 눈망울로 바라보던 그녀의 얼굴이 떠오르자 압정이 겨우겨우 막고 있던 눈물이 새어 나오기 시작했다.

도감실 입구 옆에 숨어 있던 성훈은 그의 얼굴을 보지 않았지만 들썩이는 어깨 때문에 그가 울고 있다는 걸 너무도 쉽게 알 수 있었다.

"눈물, 압정, 물방개. 이제 알 거 같아."

성훈은 눈가에 고인 눈물을 빠르게 훔쳐낸 뒤 박물관 1층으로 달려갔다.

"네? 진환 씨가 모노레일을 타지 못하게 막으라고요?"

수연은 급하게 달려와 난데없이 헤어진 남친이 모노레일을 타지 못하도록 막으라고 말하는 성훈을 이해할 수 없었다. 같은 날에 현 남친, 전 남친 그리고 정체불명의 저 사람까지 찾아와서 정신을 혼란스럽게 하다니 어쩌면 꿈을 꾸는 걸까 볼을 꼬집어 봤지만 금방 현실로 돌아올 뿐이었다.

"네. 절대로 막아야 합니다."

2003년 7월 7일 월요일 PM 16시

"왜 진환 씨가 모노레일을 타면 안 되는 거죠?"
"당신은 그분이 왜 이곳에 왔는지 전혀 모르는 거 같네요."
"당연하죠. 1년 만에 처음 보는 거라고요. 마치 저한테 무슨 잘못이 있는 것처럼 말하시네요. 너무 무례하신 거 아닌가요."
"기분 나쁘셨다면 사과드리겠습니다. 용서해 주세요."

수연은 성훈의 눈이 살짝 충혈된 걸 보며 사과가 거짓이란 생각은 들지 않았다.

"혹시 박물관에서 우셨어요?"
"아뇨. 저는 살짝 눈물만 흘렸어요. 정말로 운 사람은 아직 저 안에 있죠."
"저에게 하고 싶은 말이 있는 거죠?"
"네."

옆에서 본의 아니게 엿듣고 있던 희원은 못 말리겠다는 듯 웃으며 말했다.

"거참 시끄럽네. 둘 다 공원에 가서 이야기 나누세요."

"미안해, 희원 씨."

두 사람은 박물관 주변에 깔끔하게 꾸며져 있는 크고 작은 공원 중 불개미의 입 옆쪽에 붙어있는 놀이터 겸 공원에 가서 이야기를 시작했다.

"잘 들으세요. 오늘 진환 씨는 정리를 하러 온 겁니다."

"정리요?"

"우리는 한 달 전에 여행 커뮤니티 채팅방에서 만났어요. 방은 이츠카라는 사람이 만들었는데 당신의 남자친구죠. 그는 당신과 진환 씨를 의식하고 만들었어요. 방 제목이 곤충 박물관으로 떠나자였으니까요."

"하지만 아까 강혁 씨는 진환 씨가 방을 만들었다고 했는데요."

"그 사람 말은 믿지 않는 게 좋아요."

"…."

"채팅방에서 우린 진환 씨에게 헤어진 여자친구가 곤충 박물관에서 일하고 있다는 얘기를 들었죠. 그때부터 이츠카라는 사람이 이왕 이렇게 된 거 방 만든 걸로 만족하지 말고 오랜만에 가보는 게 어떻겠냐고 분위기를 조성하기 시작했어요."

"그래서 오게 된 건가요?"

"하지만 헤어진 여친을 다시 보러 가는 건데 쉽게 결정을 내릴 수 없는 거잖아요. 어쩌면 서로에게 상처가 될 수도 있는 거고요. 그런데 그때 진환 씨가 말했어요. 사실은 개인적인 정리를 하는 시기라서 이참에 모든 걸 확실히 하는 게 좋겠다고."

"모든 걸 확실하게요?"

"네. 말하는 방식이 좀 이상하죠. 본인만이 이해하는 말이잖아요. 그리고 한 달 뒤인 오늘 터미널에서 만난 순간부터 계속 밝은 모습과 어두운 모습을 번갈아 보여주며 심적으로 힘들어했어요."

"네…."

"특히 버스에 타서 창문 밖을 바라볼 땐 너무 슬퍼 보였죠."

"모든 걸 기억하려고 필사적으로 보는 거 같지 않았어요?"

성훈은 어느새 눈물을 흘리는 수연 씨를 보며 소름이 돋았다. 그녀는 도감실에서 혼자서 흐느낀 그의 마음을 이해하고 있었다. 서늘할 정도로 깊었다. 이제 왜 그가 이곳을 택했는지 의문이 풀렸다.

"솔직히 저는 수연 씨가 진환 씨에게 소중한 사람은 아니라고 생각했어요. 헤어진 사이니까요. 그런데 아니었네요. 지금부터 제가 하는 얘기는 전부 사실이에요. 그러니 진환 씨를 믿어야 해요."

성훈은 터미널에서 진환 씨를 만나며 겪었던 모든 이야기를 수연 씨에게 털어놓았다. 그리고 종이에 단어를 적으며 속으로 생각했던 것들도 모두 설명했다.

"얘기해 줘서 고마워요. 오늘 갑자기 벌어진 상황에 혼란스러웠는데 이제는 이해해요."

"조금 뒤면 진환 씨가 내려올 거예요. 수연 씨만 믿을게요. 전 미리 할 일들이 있거든요."

"네. 노력해 볼게요. 저… 그리고 말씀 못 드린 게 있어요."

도감실에서 멍하니 서 있던 진환은 출구 쪽으로 걸어가다가 압정에 꽂혀 있는 나비의 날개가 방금 움직이는 걸 본 거 같아서 급하게 돌아봤다.
하지만 그럴 리 없었다.
헛된 희망은 그를 더 초라하게 만들었다.

***

전학생 귀호는 개울가에서 노는 아이들의 모습을 먼발치서 구경하곤 했다.

"쟤는 왜 맨날 혼자서 다닐까."
"같이 놀고 싶은데 소심해서 말을 못 거는 건가?"
"그렇다고 보기엔 학교에서 반 애들한테 인기가 있잖아."
"맞아. 학교 밖에서만 혼자 다니지 안에서는 완전 반대야. 오죽하면 이미 반장이 뽑힌 상태인데 전학생으로 교체하자는 소리까지 나온대."

"진짜? 대단하네…."

우리는 나름대로 전학생에 대해서 파악해 봤지만 그래도 역시 알 수 없는 소년이었다.

그리고 혜선은 여기서 유일하게 말을 안 하고 있는 진환에게 말을 걸었다.

"진환아, 너는 왜 아무 말도 안 해?"
"어? 그냥…. 배가 고파서."
"나도 갑자기 배가 고프네. 해도 슬슬 떨어지고 이제 헤어질까?"

옆 동네에 살지만 친하게 지내는 구름이는 배가 고프다는 진환의 말에 순식간에 동화되었고 내일 학교에서 보자며 인사한 뒤 경쾌한 걸음으로 말 그대로 구름처럼 멀어져 갔다.

혜선은 점처럼 작아진 구름이를 뒤로하고 동네 길로 방향을 틀었다.

"진환아."
"응?"
"왜 자꾸 귀호 쪽을 봐? 신경 쓰이는 게 있어?"
"아니… 뭐… 그럼 갈까?"

5. 도착한 곤충 박물관

사실 진환은 귀호가 풀 속에서 만지작거리는 것의 의미를 알고 있었다. 하지만 왠지 모를 공포감으로 인해 아무에게도 말을 할 수 없었다.

학교에서의 활발한 눈빛과는 전혀 성격이 다른 으스스한 눈빛.

어린 나이였음에도 진환은 저 아이가 무슨 짓도 할 수 있는 존재라는 걸 알 수 있었다.

그리고 다음 날 담임선생님은 어두운 표정으로 옆 반의 구름이가 어제저녁에 철사 올가미에 걸려 부상을 입고 병원에 실려 갔다는 말씀을 전해주셨다.

"일단 면회는 선생님들이 갈 테니까. 너희는 나중에 구름이가 좀 나으면 그때 다 같이 가자."

진환이와 혜선은 충격을 받아 한동안 어떤 말도 할 수 없었고 하교할 때가 돼서야. 억지로 정신을 차리며 헤어질 때의 시간을 되짚어 볼 수 있었다.

"구름이가 우리랑 헤어지고 옆 동네로 달려갈 때 뭔가에 걸려서 쓰러지진 않았어. 기억하지 진환아."

"어? 으응… 기억하지… 아마 옆 동네에 도착한 이후에…."

"그럴 거야. 하지만 길에 철사 올가미가 있는 건 이상한데."

그때 하교 시간이라 모두가 나가고 두 사람만 있는 교실에 밝은 모습의 귀호가 들어왔다.

"둘이 무슨 얘기 해?"

진환은 가슴이 덜컹 내려앉는 거 같은 공포를 느꼈다.

"그냥… 재밌는 얘기 하고 있었어. 이제 집에 가야지."

"그래? 그럼 나도 같이 가자."

진환은 온몸에 소름이 돋아서 서 있는 것도 겨우 지탱할 지경인데 이런 상황을 모르는 혜선은 아무렇지도 않게 알았다는 말을 해버렸다. 그렇게 세 사람은 초등학교 정문을 나섰고 어디서 이사 왔는지 집은 어딘지 귀호에게 물어봐도 학교 안에서의 모습과 정반대로 대답이 없자 혜선은 진환에게만 말을 걸며 자주 노는 개울가까지 걸어갔다.

"원래대로면 구름이도 여기 있어야 하는데…."

"그러게…."

"그럼 기운이 없어서 나 먼저 갈게. 진환이는 귀호랑 좀 더 놀아. 친해지고 싶은 거 같던데."

"응?"

단지 귀호가 무슨 짓을 하는지 경계하고 감시하고 있었을 뿐인데 진환은 갈수록 문제가 심각해지는 걸 느끼고 있었다.

"귀호도 안녕."

혜선은 구름이의 소식을 듣고 충격이 컸는지 의기소침한 모습으로 먼저 집으로 향했다.
그리고 기다렸다는 듯이 진환의 뒤에서 귀호는 차갑게 말했다.

"야, 한 마리. 너 왜 자꾸 내가 만든 걸 풀어놔?"

"뭐… 내… 내가… 뭘…."

"너 때문에 풀로 올가미 만드는 걸 관두고 철사로 만들었잖아. 날 자극하는 거야?"

그동안 진환은 귀호가 돌아가고 난 뒤 긴 풀을 엮어서 만든 올가미를 다시 풀거나 안 되면 뽑아버렸다. 올가미를 절묘하게 만들어 놔서 긴 풀 속에 있는 걸 발견 못 하고 친구들이 걸리면 개울가로 굴러떨어질 수가 있기 때문이다. 게다가 올가미는 늘 친구들이 자주 밟는 위치에 숨어 있었다. 귀호는 그 위치를 매일 올가미 엮는 걸 연습

하며 확인하고 있었다.

　그리고 자신의 올가미를 계속 해체시키는 게 진환이라는 것도 알고 있었다.

"난 한 마리가 올가미를 해체시키는 걸 멀리서 다 보고 있었어."

"너… 넌 대체 이 동네에 왜… 왜 온 거야."

"무슨 소리를 하는 거지. 난 그냥 있는 거야. 넌 있고 싶은 거 없어?"

"…."

"그러니까 한 마리. 앞으로는 내 작품을 없애지 마."

　귀호는 그 말을 끝으로 어두운 길 속 어딘가로 숨어버렸고 진환은 쓰러지지 않기 위해 떨리는 다리를 붙잡으며 가쁜 숨을 몰아쉬었다. 그 마음을 아는지 모르는지 물방개는 잠시 수면 위로 올라와 방귀를 뀌더니 저 멀리 보이는 가로등 불빛을 쫓아 헤엄쳐 갔다.

2003년 6월 23일 월요일 PM 15시

"야, 괜찮을까?"

"좀 기다려 보세요."

상진은 그릇에 담긴 사료에 가루약을 뿌린 뒤 긴장된 표정으로 고양이가 숨어 있는 차 바로 앞쪽에 내려놓았다.

"제발 나와라, 냐옹아. 너도 살리려면 먹어야 하지 않겠냐?"

고양이가 새벽에 사냥을 하거나 다른 집에 가서 얻어먹는지는 모르겠지만 적어도 두 사람 앞에서는 잘 먹지 못했다. 그게 벌써 일주일째였는데 오늘 다행히 약을 구할 수 있었다. 약 사는 걸 포기하고 돌아가던 중 오래된 상가들이 즐비한 시장통 구석에 간판마저 흐려진 동물병원을 발견했고 수의사는 직접 재배한 농작물로 만든 약을 덤덤한 표정으로 추천해 주신 것이다. 약에 뭐가 들어갔는지는 몰라도 냄새가 좋은지 차 밑에 숨어 있는 고양이가 드디어 모습을 드러냈고 이윽고 사료에 다가갔다.

고양이는 먹어야 할지 말아야 할지 고민하는 듯 이리저리 냄새를 맡으면서 사료와 신경전을 벌였고 결국 혀로 조심히 핥아가며 먹기 시작했다.

"좋았어… 냐옹아, 바로 그거야…."
"휴, 다행이네요."
"2주 치 가져왔다고 했지?"

"네. 하루에 한 스푼만 주래요."
"2주라… 우리가 이곳에 있는 것도 그 정도 남았지?"
"네. 벌써 그렇게 됐네요."
"그동안 최대한 이 녀석을 낫게 하자고."

고양이는 입맛이 다시 생겼는지 순식간에 사료를 먹더니 부뚜막 그늘 아래로 자리를 옮긴 뒤 침을 바른 앞발로 흙먼지에 더러워진 몸을 청결히 했다.

"얼마 만에 보는 그루밍이지."
"저 모습을 보는 것도 이제 며칠 안 남았네요."

비록 짧지만 이곳에 와서 보내고 있는 시간이 윤재는 솔직히 마음에 들고 있었다.
무더운 여름인데도 눈치 없이 일을 도와달라는 분들의 무리한 부탁도 싫지 않았고 엉덩이가 아픈 경운기를 타고 시골길을 달리는 것도 싫지 않았다.

"그래. 며칠 안 남았지."

윤재는 오늘도 변함없이 폭염특보를 방송하는 정겨운 스피커의 지지직 소리에 미소 지었다.

6. 방화범

2003년 7월 7일 월요일 PM 17시

수연의 선배 용민은 잠시 짬을 내 불개미 입구가 잘 보이는 주차장 쪽 벤치에 앉아 높이 솟아오른 나무들의 그림자 속을 만끽하고 있었다.

"히야~ 여기서 먹는 캔커피는 역시 최고야."

본인이 관리하는 곤충 박물관의 공원들을 보고 있으면 말로 표현할 수 없는 행복함이 느껴지곤 했다. 그래서 이 일을 하는 것이 늘 보람찼다. 혹시 박물관에서 곤충들이 탈출했을 때 멀리 가지 않고 바로 앞의 공원에 머물면서 무사히 사육사에게 돌아가는 상상도 자주 했다.

그런데 지금은 곤충이 아닌 행색이 이상한 남자 한 명이 눈에 띄고 있었다.

그늘진 시원한 벤치가 아닌 완벽히 벗어난 뜨거운 벤치에 앉아 고개를 숙인 남자는 벙거지를 푹 눌러쓴 채 한 손에 담뱃갑을 쥔 채 술 냄새를 풍겼다.

박물관은 술을 일절 판매하지 않고 전 지역 금연인 곳인데 완전히 무시하고 있었다.

"뭐야, 이 사람…."
"응?"

인기척이 느껴지는 곳으로 고개를 들어 용민을 바라본 남자는 모자 때문에 얼굴이 잘 안 보였지만 전체적인 모습이 젊어 보였는데, 움직임을 보니 어느 정도 술 취한 상태라서 용민은 보안팀에 전화해서 상황을 빠르게 알렸다.
혹시 모를 돌발 상황을 막기 위해서다.

"당신 지금 어디 전화하는 거야?"
"이곳은 전 지역 금연 구역이고 술도 마시면 안 됩니다. 보안팀을 불렀으니 휴게실에서 쉬시다가 집으로 귀가하세요."

술 취한 남자는 어딘가로 급히 전화를 해서 보안팀이 자신을 데리러 온다고 말했고 잠시 동안 어떤 말을 듣더니 알았다고 말한 뒤 자리에서 일어났다.

"부를 거 없어. 난 지금 갈 거니까. 여기 아니면 갈 곳이 없는 줄 알아?"
"그럼 저쪽에 셔틀버스 타는 곳이 있으니 살펴 가세요."
조금 뒤 보안팀이 도착했고 용민은 어쨌든 이곳에 온 손님인 그분에게 너무 냉정하게 말했나 싶어 죄송한 마음이 들었다.

"어? 저분 그냥 가시네요?"
"뭐, 그렇게 됐어. 매일 공원을 관리하며 마음 수양을 많이 했다고 생각했는데 아직 멀었구나 싶네. 근데 어디서 들어본 목소리야. 그럼 이제 또 일해볼까."

그 남자는 셔틀버스로 천천히 걸어갔고 모노레일 대기실에 도착한 진환은 자신을 들여보내 주지 않는 수연 앞에서 멈춰 있었다.

"모노레일 빈자리가 있는데 왜 안 된다는 거죠."
"미안하지만 진환 씨, 오늘은 그냥 돌아가 줘요."
"저야말로 미안해요. 오늘이 아니면 안 돼요."
"그걸 아니까 이러는 거잖아요."

수연은 눈이 충혈돼 있는 그를 모노레일에 태울 생각이 전혀 없었고 이미 탑승해 있는 관객들은 울창한 넓은 숲속을 동그랗게 수놓고 있는 넓은 트랙을 보며 감탄하고 있었다.
그녀는 진환 씨를 경계하며 손에 마이크를 쥐었고 출발 레버를 누르기 위해 준비하고 있는 직원에게 눈빛을 보냈다.

"모노레일 출발합니다. 그럼 여러분, 즐거운 시간 되세요!"
"야호~!"

모노레일은 느리기 때문에 속도감은 느낄 수 없었지만 천천히 나아가면서 숲의 분위기를 온전히 느낄 수 있었고 관객들은 그 속에서 사진을 찍고 대화를 나누며 소중한 추억을 만들기 위해 분주해졌다.

"이제 그만 포기하고 가줘요."
"수연 씨, 사람들이 셔틀버스를 타고 계속 박물관에 오는 이상, 오늘 저에게 기회는 계속 있어요."
"수십 명 수백 명 수천 명이 와도 당신만은 절대 들여보내지 않을 거예요."

진환은 한숨을 쉬며 대기실 의자에 주저앉다시피 기댔고 사람들이 즐거워하고 있는 모노레일을 바라봤다.

"1년 전에는 여기서 간식을 함께 먹으며 시간을 보냈죠."
"…."
"전혀 생각조차 못 했어요. 그런 우리가 결국 이렇게 될 거라곤."
"…."
"다신 나타나지 않겠다고 했는데 미안해요."

***

1년 전 헤어지던 날 진환은 잠시 일이 생겨 사무실로 달려간 수연을 기다리며 대기실에서 가방에 챙겨온 책을 읽고 있었다. 누구나 그렇지만 좋아하는 작가의 마음속으로 들어간다는 건 늘 새롭고 신기한 여행 같다. 이곳에서 그녀를 만나는 것도 그런 느낌이다.

그리고 그런 감정과 경험이 자라 저 산을 이루는 나무들과 공원의 풀들처럼 아름다워질 수 있다면 너무 행복할 것이다.

그런 생각이 든 진환은 읽고 있던 책을 가방에 챙기고 어두워지고 있는 밖으로 나가기 위해 대기실 문을 열었다.

"아, 시원하다."

더운 여름이긴 하지만 이곳은 산이 있어서 해가 떨어지면 그래도 시원한 바람이 불어왔다.

진환은 화가 식었는지 검은색으로 변한 불개미의 입을 보면서 피식 웃었다.

"너도 그럴 때가 있구나."

그때 불개미의 입구 옆에 붙어 있는 놀이터로도 쓰이는 공원에서 웬 남자가 뭔가를 하고 있었다. 뭔가 익숙한 느낌에 진환은 자신도 모르게 그쪽으로 향하기 시작했고 놀이터를 감싸고 있는 아담한 잔디밭에서 남자가 혼자서 하는 소리에 온몸에 소름이 돋았다.

"이거는 이렇게 해서 묶어야 튼튼한 올가미가 된단다. 그리고~"

남자는 잔디밭에서 길게 자란 편인 풀들을 이용해 올가미를 만들며 누군가에게 설명하듯 말하고 있었다.

그런 인간이 또 있었다.

"너 왜 자꾸 내가 만든 올가미를 없애는 거야."

"…."

"난 다 보고 있었어. 네가 올가미를 해체시키는 걸."

"…."

"너랑 같이 다니는 그 여자아이 이름이 혜선이었지."

"…."

"안녕, 진환아. 잊지 않을게."

아주 오래전 자신에게 공포감을 주었던 귀호를 다시 만난 것 같았다.

"으아아!"

"응? 무슨 소리지?"

못다 한 일을 마치고 사랑하는 사람과 빨리 버스를 타기 위해 서둘러 오던 수연은 불개미의 입구 옆 공원에서 비명소리가 들려오자 놀라서 달려갔다.
그곳엔 자신이 알고 있던 진환은 없었다.
남자 한 명이 쓰러져 있었고 진환은 자신의 손을 바라보며 눈물을 흘리고 있었다.

"진환 씨, 지금 무슨 짓을…."

"수연 씨…."

"이분… 공원 관리팀인 우찬 선배잖아. 선배님 괜찮으세요!"

"아으… 저 자식이."

우찬은 화를 참지 못하고 자리에서 일어나 진환에게 달려들었다.

"너 뭐 하는 놈이야!"

"난… 그냥 지키고 싶어서…."

"미친놈."

우찬은 자신을 공격한 괴한을 가격하기 시작했고 그는 어떤 반항의 의지도 없이 때리는 대로 모두 받아들였다. 아직 결혼은 안 했지만 나중에 세상에 태어날 자식에게 알려주려고 미리 연습을 하고 있었는데 웬 처음 보는 남자가 와서 주먹을 날리니 황당할 수밖에 없었다.

울면서 보안팀에 전화를 한 수연은 선배를 붙잡으며 말리려 애썼지만 소용없었다.

"선배 그만하세요… 진환 씨…."

우찬은 그 순간 뭔가를 보고 움찔했고 이 정도면 됐다고 생각했는지 자리에서 일어나 옷에 묻은 먼지를 털어냈다.

"너 인마, 사람 봐가면서 까불어."

"으으…."

"네가 먼저 쳤으니까 난 정당방위야. 신고하려면 해."

우찬은 그 말을 한 뒤 주머니에서 꺼낸 작은 리모컨 열쇠로 주차장

쪽을 겨냥했고 원격으로 차 문을 열었다.

"수연 씨, 오늘 있었던 일은 회사에 말해도 돼."

"선배…."

주차장 쪽으로 우찬 선배가 걸어가는 걸 지켜본 뒤 수연은 진환 씨를 일으켜 세우려 했지만 그는 그녀의 손길을 거부했다.

"저 차의 불빛을 보니까 개울가가 떠오르네."
"진환 씨…."

"왜 우리는 빛을 쫓아서 하염없이 헤엄치는 걸까요."

힘들게 일어선 진환은 그녀를 스쳐 지나갔고 조금 뒤 멈춰 서서 마지막 인사를 했다.

"실망시켜서 미안해요, 수연 씨. 앞으로 다신 나타나지 않을게요. 잘 지내세요."

그는 울고 있는 그녀를 뒤로한 채 처음으로 택시를 불러 몸을 실었다.

"시외버스 터미널로 가주세요."

멀어지는 택시를 바라보며 울던 그녀는 그가 얻어맞던 자리에 뭔가가 떨어져 있다는 걸 느껴 내려다봤고 바닥엔 달빛을 흡수해 표지가 빛나는 책이 한 권 쓰러져 있었다.

"갈 거면 깨끗하게 가란 말이야. 바보야."

그녀는 떨어진 책을 꽉 쥐고 한참 동안이나 그 자리에 머물렀다.

1년 전 헤어지던 날의 기억을 다시 떠올린 진환은 이제는 다 잊었다는 듯 말했다.

"하지만 이미 지나간 시간을 굳이 꺼낼 필요는 없겠죠. 지금 수연 씨 옆엔 좋은 사람이 있으니까요."

"진환 씨…."

"어쨌든 이곳에 와서 뭔가 기분이 참 좋아요. 저 모노레일을 타고 나면 정말 수연 씨랑은 마지막이 되겠지만요."

"하지만 난 그럴 수 없어요."

갑자기 모노레일 관리직원 여러 명이 타워로 오더니 차단기를 내리며 운행을 정지시켰고 오늘은 박물관이 수리문제로 일찍 문을 닫게 되었다고 줄 서 있던 관람객들을 돌려보내기 시작했다. 모노레일 뿐만이 아닌 박물관 안에서도 관람객들이 직원들의 안내를 받으며 나가고 있었다.

"수연 씨 지금 뭘…."
"죄송해요, 진환 씨. 이게 제가 당신에게 해줄 수 있는 전부예요."

그렇게 관람객들은 파도처럼 순식간에 왔다 퍼져나가듯 떠나갔고 진환은 순식간에 텅 비어버린 곤충 박물관에서 힘없이 모노레일을 포기해야 했다.

"결국 나에겐… 허락되지 않는 건가…."
직원들은 상황을 정리하고 사무실로 돌아갔고 수연은 힘없이 걸어가는 진환에게 다가갈 수 없었다.

"미안해요…."

그때였다.
후회와 울분에 찬 목소리가 허공에서 들려왔다.

"다 같이 죽는 거야! 바로 여기 박물관에서!"

한 남자가 곤충 박물관의 입구 쪽을 지탱하는 높은 필로티 난간 위에 올라가서 기름통을 흔들며 주변을 위협하고 있었다.

그 모습은 흡사 불개미의 입속으로 들어가는 것을 거부하는 것처럼 보이기도 했다.

"저 사람은…."

진환은 물끄러미 남자를 보더니 뭔가가 떠오른 듯, 그쪽으로 걸어가기 시작했다.

"진환 씨, 뭘 하려는 거예요."

"늦었지만 약속을 지키려고요."

2003년 7월 7일 월요일 PM 17시 30분

"저 자식 뭐야! 야! 거기 안 멈춰!"

방화범은 웬 남자가 자신이 있는 쪽으로 걸어오자 겁이 났는지 다가오지 말라며 소리를 질렀다. 하지만 진환은 아랑곳하지 않고 불개미의 입 옆에 설치된 사다리를 잡고 필로티 난간으로 올라갔다.

"올라오지 마. 이 자식아!"

하지만 그는 멈출 생각이 없어 보였고 이윽고 난간에 도착해 방화범을 응시했다.

"죽고 싶어? 정말로 불붙일 거라고."

"당신은 그럴 수 없어요."

"뭐? 잠깐… 저 얼굴…."

어딘지 모르게 낯익은 저 얼굴을 방화범은 어딘가에서 확실히 본 거 같았다.

"맞아… 너 1년 전에 나를 때린 놈이지…."

"오랜만이네요."

"그래… 결국 이렇게 될 거였나."

수연의 선배였던 우찬은 차라리 잘됐다는 듯 기름통의 뚜껑을 잡고 진환을 노려보며 말했다.

"너를 만난 뒤로 난 회사에서 이상하게 소문이 나버렸지. 관람객에게 폭력을 행사하는 성격 파탄자라고 말이야. 그 장면을 목격한 누군가가 소문을 낸 거야. 하지만 먼저 맞은 건 나잖아. 그래서 당시 상황을 설명해 줬지만 동료들은 무시했어."

"…."

"그런데 며칠 뒤 위원회에서 나에게 사표를 권유했어. 어찌 되었든 관람객을 때린 건 사실이고 그건 공원을 담당하는 사람의 자세가 아니라고 했어. 뭐 자격 미달이라는 거겠지."

"…."

"너 나한테 무슨 짓이냐고 화를 냈었지? 난 그때 사귀던 여자랑 결혼까지 생각하고 있었어. 그래서 퇴근하던 길에 가끔씩 저 공원 잔디밭에서 미래에 태어날 자식에게 말하듯 연습했어. 길게 자란 풀들의 끝부분을 여러 개 엮으면 위험한 올가미가 되지만 우리는 그걸 이용해 남에게 피해를 주면 안 된다고. 난 그저 내가 일하는 이곳에서 자식들이 자연과 어울릴 수 있게 키우려고 했을 뿐이야. 그런데 넌 그 말을 듣더니 다가와서 주먹을 날렸지."

희원은 난간 위에 올라가 있는 방화범이 1년 전에 회사에서 사실상 해고당한 우찬 선배라는 걸 알고 다가가려 했지만 수연은 잡고 놔주지 않았다.

"이거 놔. 수연아."

"선배가 진환 씨를 폭행했다는 거 회사에 알린 게 너라는 거 알아."

희원은 놀라서 돌아봤다.

"너 알고 있었어?"

"응… 넌 너의 정의를 지킨 거니까 모른 척했어."

"선배가 좋은 사람이라는 거 나도 잘 알아. 그래서 더 실망이 컸어. 관람객을 때리고 그 사실을 숨기려 했다는 걸 도저히 용서할 수 없었어. 하지만 선배가 고심 끝에 스스로 사표를 내고 우리에게 인사를 하고 떠났을 땐 실망했던 마음이 어느 정도 사라졌어. 자신의 잘못에 책임을 진 선배를 계속 존경할 수 있도록 해줘서 고마웠어."

그녀는 선배를 진심으로 믿었기 때문에 회사에 사실을 알린 것이었다.

"희원아…."

"그런데 왜 갑자기 돌아와서 저러고 있는 거야."

언제 끝날지 모르는 대치상황.

불개미는 난간에 올라온 두 남자를 바라보며 그저 웃고 있었다.

2003년 7월 7일 월요일 PM 17시 40분

"아직 아무 일도 일어나지 않았어요."

"뭐?"

"아직 당신은 기름에 불을 붙이지 않았어요. 이대로 멈추면 다시 시작할 수 있어요."

"멍청하긴. 방화를 하겠다고 외친 시점에서 이미 혐의는 성립된 거야. 기름통까지 가져온 거 안 보여? 이미 난 각오를 했어."

"각오는 저도 했는 걸요."

"말이 안 통하네."

우찬은 주머니에서 라이터를 꺼냈고 기름통의 뚜껑까지 열었다.

"자신을 실컷 때린 사람이 1년 뒤에 폐인이 되어 버림받았던 회사를 찾아와 불을 지르겠다고 난동을 부리고 있으니 재밌지? 더 나락으로 떨어졌으면 좋겠지? 회사에서 나온 이후로 그 사실을 알게 된 결혼을 약속한 여자친구는 나를 떠났고 회사에서 하던 상상도 결국 상상으로 끝났어."

"…."

"내가 망하는 걸 보고 있으니까 재밌어 죽겠지?"

"너무 슬퍼서 하나도 재미없어요."

"뭐?"

진환은 곤충 박물관에 뿌리내린 수많은 녹색의 풍경과 푸른 하늘을 바라보며 말했다.

"노을은 어둠을 두려워하지 않아요. 항상 먼저 만나러 가죠."

"…."

"당신은 그런 사람이에요. 가족의 소중함을 알기에 일터에서도 나중에 만날 자식의 미래를 미리 걱정하며 올바른 길을 걸으려 했어요. 지금도 아마 그럴 거예요."

"무슨 소리를 하는 거야."

"전 마지막으로 모노레일을 타기 위해 이곳에 왔어요. 정리를 하기 위해서요. 사실 여러 이유가 있었지만 이제 알 거 같아요. 왜 이곳에 왔어야 했는지요."

"…."

"사랑하는 여자와 가정을 이루고 세상에 태어난 자식들과 이 곤충박물관에 와서 많은 추억을 만들고 자랑스러운 아버지로서 후회 없이 살아가는 것. 당신의 그 찬란한 꿈을 저는 순간의 화를 못 참았다는 이유로 상처 주고 파괴시킨 채 무책임하게 떠났습니다. 지금 세상이 무너지고 있는 것도 결국 저 같은 자들이 그 소중함을 외면하고 있기 때문이라고 생각합니다. 그러니 저 같은 자들에게 무너지지 말고 노을처럼 어둠에 당당하게 맞서며 살아가세요."

진환은 진심을 전한 뒤 무릎을 꿇으며 고개를 숙였다.

"제발 무너지지 마세요. 제발."

"그렇게 말해도…."

오래전 웃으며 떠난 인호에게도

이렇게 진심을 전했으면 좋았을 텐데….
슬픔과 후회만이 남아도
그래도 힘을 내볼걸….

학교 운동장에 내린 비는
지금도 가끔 꿈속에서
따듯하게 내리는데
그 비처럼 다가갈걸.

고개를 숙인 채 울고 있는 그를 조용히 지켜보던 우찬은 뭔가를 결심했는지 고심하다 서서히 입을 열었다.

"생각해 보면 당신을 먼지 나게 때리던 날도 어두웠었지…."

"네?"

그는 필사적으로 일어나기 시작했다.

"나 말이야. 이래 봬도 어둠 속에서도 길을 잘 찾는 편이야…."

"…."

"비록 많은 걸 잃었지만 너를 보니 내가 지금 뭐 하나 싶다."

"그럼…."

"나 같은 놈도 어둠 속에서 누군가에게 빛이 될 수 있을까…."

진환은 고개를 끄덕이며 눈물을 닦았고 우찬은 멀리서 걱정스러운 표정으로 바라보던 수연과 희원에게 미소 지었다.

"한심한 선배라서 미안해."

수연은 눈물을 흘리는 희원에게 손수건을 건네며 안심시켰다.

"잘된 거 같아요."

그때였다.

"어라?"

계단으로 내려가기 위해 진환 쪽으로 걸어가던 우찬은 자신이 몸이 난간 밖으로 기울고 있다는 걸 느꼈다. 아까 마신 술 때문에 그런 것일까? 뚜껑을 열어놓은 상태로 얘기하다가 무심코 발에 부딪혀서 소량의 기름이 밖으로 튄 거 같았고 그걸 밟은 듯했다.

순식간에 벌어진 상황 속에서 우찬은 삶이란 때론 무척이나 냉정하고 차가운 거 같다. 그래도 뭐 어때. 내가 사랑하는 사람들이 있으니까 괜찮아라고 말하는 거 같았다.

그렇게 노을처럼 저물어 가는 한심한 방화범을 바라보며 진환은 절규했다.

"안 돼!"

1989년 6월 12일 월요일 PM 17시

헤어짐이라는 것은 그렇다. 누군가 먼저 말을 해야 성립된다. 말없이 떠나는 헤어짐은 가슴을 답답하게만 할 뿐이다.

"진환아, 무슨 고민 있니?"
"선생님…."

학교 놀이터 그네에 앉아 타는 둥 마는 둥 기운 없이 고개를 숙이고 있는 진환을 유심히 보던 담임인 원기 선생은 안 되겠다 싶었는지 조심스레 다가와 말을 걸었다.

"요즘 표정이 많이 안 좋아 보이던데. 몸이 아픈 건 아니지?"

"네. 그런 건 아니에요. 그런데⋯."

"그런데?"

"어느 날 갑자기 무서운 뭔가가 나타나는 바람에 두려움이 많이 생겼어요."

"두려움이?"

"선생님, 그 무서운 뭔가가 마을 사람들에게 친구들에게 피해를 주면 저는 어떻게 해야 하나요. 사실 그동안 나름대로 노력을 하긴 했지만 보복할까 봐 겁이 나요."

"흠. 그렇구나. 혼자서 다 짊어지느라 힘들었을 텐데 그래도 장하다. 진환아."

"제가요?"

"원래 정의로운 마음이란 게 나보다 훨씬 강한 뭔가가 나타났을 때 생겨나는 거란다. 분명 나보다 강한 걸 알고 있지만 소중한 것들을 지키기 위해 무리해서 용기를 내는 거지. 그래서 당연히 두려운 마음도 드는 거야."

"그런가요…."

"역사 시간에 배웠지? 되돌아보면 거의 지는 싸움인데 뒤집고 이기는 전쟁이 꽤 있었잖아?"

"네…."

"일단 진환이가 왜 그걸 무서워하는지 생각해 봐. 분명히 이유가 있어. 그리고 그걸 알게 되면 대처할 수 있고 지혜롭게 맞설 수 있어."

"지혜…."

"도움이 필요하면 언제든지 부탁해, 진환아. 선생님이 다 들어줄 테니까."

충분한 대화를 나눈 뒤 원기 선생은 퇴근 준비를 하기 위해 교무실로 걸어가고 있었는데 뒤에서 자신을 부르는 소리가 들려왔다.

"선생님, 정말로 부탁을 들어주실 수 있나요?"

"그럼. 뭐든지."

그렇게 진환은 선생님에게 자초지종을 설명했고 방금 전에 떠오른 대처방안을 실행하기로 마음먹었다.

"후… 생각한 대로 과연 잘될까… 나 그리 인기도 없는데…."
"이제 오네?"
"혜선아, 집에 안 갔어? 구름이가 퇴원하기 전까진 개울가에서 안 놀기로 했잖아. 왜 여기에 혼자 있어. 위험하게."
"그건 내 마음이지."
"뭐 그렇긴 하지만…."

두 사람은 함께 동네 시골길을 걸어갔고 딱히 어떤 대화도 나누지 않았다.
그래도 혜선은 진환이의 발에 맞춰 걸으며 혼잣말을 하기는 했다.

"왼발~ 오른발~ 왼발~ 오른발~"

"…."

"왼발~ 오른~"

"혜선아, 지금 뭐 하는… 어, 저건…."

진환은 저 앞에 귀호만큼이나 마주치기 싫은 뭔가가 하나 서 있는 걸 확인한 뒤 온몸에 소름이 돋아 걸음을 멈춰야 했다.

"저 사마귀 오랜만이네…."

"으…."

저 냉정하고 흔들림 없는 째진 눈, 뭐든지 베어버릴 거 같은 낫처럼 생긴 앞다리, 왠지 모르게 소름이 돋는 긴 몸통, 거기에 당장이라도 날아올 거 같은 커다란 날개. 무서운 건 전부 모아놓은 거 같은 언제봐도 공포스러운 존재였다.

"그럼 난 배가 고파서 먼저 갈게. 잘 있어, 진환아~ 메롱~"
"혜선아! 밤에 보니까 더 무섭단 말이야!"

그녀는 진환이를 놀리는 게 너무 재밌었지만 거리가 어느 정도 멀어지자 걷는 속도를 줄였고 금방 풀이 죽어버렸다.

"너무 슬퍼서 하나도 재미없어."

그날 이후 두 사람은 전보다 사이가 소원해졌고 아지트나 마찬가지였던 개울가도 함께 가지 않게 되었다.
그리고 얼마 뒤 진환은 계획을 실행했다.
등교한 학생들이 왁자지껄 떠들고 있는 옆 교실에 담임인 전우 선

선생님이 들어왔고 조용히 시킨 뒤 당황스러운 말을 꺼냈다.

"자, 오늘 우리 반에 새로운 친구가 전학… 아니 원래 학교에 다니던 친구가 옆 반에서 우리 반으로 오게 되었다. 들어와라~"

"쟤 진환이잖아. 왜 이 반으로 온 거야?"

"안녕하세요. 옆 반에서 공부하던 박진환이라고 합니다. 앞으로 잘 부탁드립니다."

"쟤 공부 못하는데 나 이제 꼴등 안 하겠다. 환영해, 진환아!"

"완전 꼴등이나 꼴등에서 2등이나 뭐가 다른 거지…."

"다들 진환이랑 평소에 친하게 지내는 사이니까. 선생님이 따로 말 안 해도 잘 챙겨줄 수 있지? 바로 옆 반에서 오긴 했어도 적응하려면 시간이 필요할 거야."

"네!"

반 아이들은 생각지도 못한 일에 당황스럽기도 했지만 뭔가 재밌는 일이 벌어지는 거 같아서 은근히 좋아하고 있었고 한 학생이 질문을 해왔다.

"선생님 근데 진환이는 왜 옆 반으로 온 거예요. 왕따라도 당한 건가요?"

담임 선생은 이때다 싶어 입을 열었다.

"사실은 진환이가 교무실에 찾아와서 옆 반으로 옮기고 싶다고 상담을 요청했었다."

반 아이들은 의외의 전개에 흥미를 느끼고 조용히 집중하기 시작했다.

"진환이는 나에게 반장이 하고 싶다는 얘기를 꺼냈어. 그런데 반장이란 건 학기 초에 뽑는 거라 지금 와서 새로 뽑는 건 불가능하잖아. 그래서 생각한 게 우리 반은 저기 귀호가 전학 온 후로 반장 선거를 다시 해야 하는 거 아니냐는 분위기가 만들어졌었잖아. 미안한 얘기지만 지금 반장을 하고 있는 성우의 자질에 문제가 있어 보였으니까. 때문에 만약 너희들이 허락한다면 선생님은 반장 선거를 다시 하고 싶어. 교장 선생님께도 이미 허락받았어. 하지만 성우가 반대하면 없었던 일로 할 거야."

반 아이들은 일제히 현재 반장을 맡고 있는 성우 쪽을 바라봤고 기분이 상할 수도 있지만 성우는 동요 없이 자리에서 일어났다.

"부모님한테는 제가 잘 말씀드리겠습니다. 그동안 반장으로서 제대로 일을 하지 못했기 때문에 다시 반장을 뽑는 것에 찬성합니다."

잘못을 인정하고 반을 위해 과감한 선택을 한 성우에게 아이들은 환호성을 지르며 박수를 쳤고 그 속에서 귀호는 웃으며 진환을 노려보고 있었다.

그렇게 한바탕 소란스러운 조례 시간이 끝나고 전우 선생이 복도로 나오자, 밖에서 기다리던 원기 선생이 감사인사를 전했다.

"무리한 부탁을 들어주셔서 감사합니다. 진환이에게 큰소리쳐 놨는데 안 되면 어쩌나 노심초사했습니다."

"뭘요. 저도 사실 반장 재선거를 염두에 두고 있었습니다. 귀호라는 아이의 장악력이랄까 리더십은 보통이 아니니까요. 그럼 삼파전이 되겠네요. 성우도 다시 후보로 나온다고 했으니까요. 그런데 진환이가 그렇게까지 반장이 되고 싶어 했다니 좀 의외였네요. 자유롭게 뛰어다니며 놀기에도 시간이 부족해 보이는 아이였는데. 그래야만 하는 이유가 있는 거겠죠."

"네, 그렇겠죠."

원기 선생은 진환이가 귀호에게 맞서야만 하는 이유를 알고 있었지만 반장 재선거가 끝날 때까지는 비밀로 하기로 약속했고 그 이후 귀호의 악행을 밝히기로 했다.

진환은 두 선생님들이 자신에 대해 얘기하는 것도 모른 채 혼자서 길을 걷고 있었다.
그리고 구름이, 혜선이와 뛰어놀던 개울가에서 귀호와 마주쳤다.

"야, 한 마리. 너도 반장이 하고 싶어? 왜 내가 있는 곳으로 온 거야."

"왜 왔냐고? 무슨 소리야. 나는 그냥 있는 거야."

예전에 귀호가 했던 말을 진환은 여전히 겁이 나고 두려웠지만 그대로 돌려줬다. 그동안 귀호라는 공포스러운 사람에 대해 끊임없이 고민하고 정체를 알아내려 했지만 도저히 무리여서 포기하려고 했지만 선생님의 조언을 듣고 다시 몰두했고 왜 이상한 행동들을 하는지 어느 정도 알 수 있었다. 다리가 지금도 떨리지만 왠지 모르게 이젠 참을 수 있었다.

"너는 우리를 항상 관찰하듯이 바라봤고 나를 툭하면 한 마리라고 불렀어. 너와 나는 동등하지 않은 거지? 너는 우리가 개울가에서 놀 때 어디를 자주 밟는지 유심히 봤고 우리가 집에 돌아가면 그 자리에 풀을 묶어서 올가미를 만들었어. 별거 아닌 거 같지만 우리는 어른보다 가벼워서 올가미를 여러 번 엮으면 그 힘으로 충분히 걸려 넘어지게 할 수 있어. 그런데 내가 계속 방해를 해서 너는 마음에 들지 않았고 결국 철사를 이용해 올가미 덫을 만들어 구름이가 하루에 한 번은 꼭 지나가는 좁은 길에 설치하고 흙으로 덮어버렸지."

"병원에 입원한 한 마리가 퇴원하면 그 자리는 한 번 썼으니 다른 자리에 설치하면 되겠네."

진환은 자신의 말을 무시하고 다시 철사 올가미를 만들려 하는 귀호에게 말했다.

"네가 어디서 왔든 무슨 생각을 하고 있든 내가 살고 있는 이 땅을 고작 사람을 상처 주는 것에 악용한다면 절대 용서하지 않을 거야."

그 말을 들은 귀호는 별 감흥 없었는지 뒤돌아서 옆 동네를 향해 걸어갔고 조용히 허공에 읊조렸다.

"올가미를 기다리는 한 마리가 다리를 떨고 있대요."

가로등이 드문드문 빛나고 있는 동네에 도착한 진환은 조금 전의 일을 떠올리며 거친 숨을 몰아쉬었다. 용기를 내서 하고 싶은 말을 하긴 했지만 둘만 있는 상황에서 그 위압감을 버티는 게 너무 괴로웠다.

"후우…."

"이제 왔네."
"혜선아…."

날이 저물었는데 혜선은 곤충이 몰려드는 가로등 아래서 그를 기다리고 있었다.

"빨리 들어가. 밖은 위험하~"
"왜 자꾸 밖이 위험하다는 거야. 말했지. 내 맘이라고."
"그래. 알았어…."

어쩌면 그녀는 귀호보다 설득하기 힘들지도 모른다고 진환은 생각했다.

"진환아, 나 없이 다니니까 심심하지 않아?"
"아니. 완전 즐거운데?"
"그래? 다행이네…."

그녀는 가로등에 몰려들어 춤추는 곤충들을 가만히 올려다보며 한동안 아무 말도 하지 않았다. 방금 그건 뭐였을까. 진환은 순간 혜선이 슬퍼하는 것처럼 느껴졌다.

"진환아…."
"응-?"

"오늘은 사마귀가 그 자리에 나타나지 않았어. 있었다면 네가 지나갈 수 있게 도와주려고 했는데….”
"지금껏 사마귀가 나타나도 나만 남겨두고 학교에 먼저 갔으면서 무슨….”

혜선은 자신을 원망하는 소리도 소중하다는 듯, 살며시 모은 두 손을 가슴에 품으며 눈을 감았다. 이 시간을 마음속에 새기려는 거였을까.
잠시 뒤 집으로 돌아가는 그녀를 바라보며 진환은 다짐했다.

"반드시. 지킬게.”

다음 날 아침. 담임선생님이 공언한 대로. 5학년 2반만 반장 재선거가 실시되었다.
성우 부모님이 전화를 걸어서 잠시 따지기도 했지만 자신을 다시 한번 믿어달라는 성우의 설득에 금방 마음을 푸셨고 소문을 들은 학생들은 학년을 가리지 않고 반장 후보들의 연설을 듣기 위해 복도에 몰려든 뒤 창문을 살짝 열어놓기도 했다.

"아, 모두 착석해 주시고… 그럼 첫 번째로 한성우 후보의 연설이 있겠습니다. 나오세요.”

반에서 분위기 메이커인 대정이는 선생님에게 우겨서 반장 선거

진행을 맡았고 어색하지만 별 무리 없이 잘 이끌어 갔다.

사실 반장은 대정이가 했어야 하는 게 아닌가 싶은 생각도 들었지만 성우는 어쨌든 자신의 가치를 다시 증명하고 싶었다.

"안녕하세요. 어제까지 반장이었던 한성우라고 합니다. 사실 이 자리에 다시 나온 게 부끄럽기도 하지만 오히려 그 점이 반장 재선거에 대한 열정을 샘솟게 만들었습니다. 저도 압니다. 몇 개월 동안 선생님이 시키는 기본적인 일들만 수행하면서 만족했고 여러분에게 통보만 했습니다. 주도적으로 교실 안에서 할 수 있는 모든 가능성을 배제했습니다."

"그런데 또 반장을 하고 싶다고요?"

"하지만 어제 반을 옮겨가면서까지 반장을 하고 싶어 하는 진환 학생의 모습을 보며 아차 싶었습니다. 저 정도의 각오라면 반장이 되었을 때 나보다 훨씬 좋은 반장이 될 거 같았습니다. 이런 말 해도 되는지 모르겠지만 그런 면에서 한편으론 침략처럼 느껴지기도 했습니다. 제가 할 말은 아니지만 어쨌든 우리 반은 처음 만난 순간부터 함께해 오고 있습니다. 제가 아무리 부족해도 뛰어난 반 친구들이 함께 만들어 가고 있습니다. 그래서 제가 하고 싶은 말은 이겁니다. 한 번만 더 기회를 주셨으면 좋겠습니다. 침략이라는 자극적인 단어를 사용했지만 반장이 된다면 옆 반에서 건너온 진환이라는 친구와 함께 여러분과 함께 멋진 교실을 만들어 가겠습니다."

"한성우 말 잘하는데 진작 열심히 하지 그랬냐~"

"침략이라는 말 맘에 드네."

"거기 두 분 조용히 해주시고요. 다음은 얼마 전에 전학 온 수수께끼의 남자. 오귀호 학생의 연설이 있겠습니다. 네! 나오세요."

 귀호는 대정이의 말을 듣고 자리에서 천천히 일어나 교탁으로 향했다. 반 친구들은 그와 평소에 거리낌 없이 잘 지내긴 했지만 밖에서 거의 혼자 다니는 것도 그렇고 은근히 경계심이 생기는 특이한 분위기가 있어 옆 반에서 온 진환과 더불어 그런 화제의 중심에 있는 귀호가 어떤 말을 할지 궁금할 수밖에 없었다.

"난 너 응원한다고. 귀호야."

"전학생의 패기를 보여줘."

 귀호는 반 친구들의 호응을 받으며 자신감 넘치는 표정으로 연설을 시작했다.

"안녕하세요. 전학생 귀호입니다. 저희 집에 초대받아 맛있는 삼겹살을 드신 분들도 계시네요. 저의 부모님이 손수 키운 상추도 아낌없이 드렸는데 다들 기억하고 계시죠? 제가 밖에서 혼자서 다니

긴 하지만 베풀 때는 확실하게 베푼답니다. 그래요. 뇌물 맞아요. 옆에 계신 선생님한테는 비밀이에요. 쉿~!"

 장난스럽게 검지손가락을 입술에 가져다 대며 이야기는 하는 그는 개울가에서 우리를 노려보던 귀호가 아니었다.
 반 친구들은 귀호의 능수능란한 언변에 빠져들었고 한성우는 표정에서 불안해하는 게 티가 났다.

"저는 이곳에 온 지 얼마 안 됐지만 이건 확실하게 말할 수 있어요. 5학년 2반은 한성우 후보님의 말처럼 침략을 받아선 안 된다는 겁니다. 어떤 의도를 가지고 주변의 힘을 이용해 의심스럽게 넘어온 것과 타 지역에서 살다가 어쩔 수 없이 새 터전을 찾고 정당한 과정을 밟아 전학을 가는 건 전혀 다른 문제입니다. 때문에 저쪽 반의 어떤 가치관을 우리 반에 퍼트릴 가능성이 높은 박진환 후보님은 반장이 되어선 안 됩니다. 그리고 어제까지 반장을 맡으셨던 한성우 후보님도 역시 자격이 있다고 보기 힘듭니다."

"내가 왜?"

"본인 입으로 말씀하셨죠. 선생님이 시키는 기본적인 것만 일방적으로 반 친구들에게 통보했다고요. 그런 사람이 과연 다시 기회를 준다 해서 변할 수 있을까요? 침략이라는 좋은 말씀을 해주셨지만 따지고 보면 한성우 님의 성의 없는 자세도 침략이라고 볼 수 있습니다. 때문에 의심스러운 것들은 모두 걷어내고 오로지 새로운 마음으로 전학을 온 저에게 반장이라는 무거운 직책을 허락해 주시는 것이 5학년 2반의 미래를 만들어 갈 가장 안전하고 새로운 길이 아닐까 싶습니다."

"틀린 말은 아니야."

"성우는 몇 개월간 증명하지 못했고 진환이는 욕심이 많아 보여. 수상하기도 하고."

"반면에 귀호는 추진력이 있어. 이 동네의 환경을 살리기 위해 사람의 눈이 닿지 않는 곳에 숨어 있는 쓰레기를 찾는 운동을 하겠다고 교장 선생님께 찾아가 허락을 받았지."

"그래. 다음 주면 학년별로 구체적인 계획이 만들어질 거야."

귀호는 알아줘서 고맙다는 눈빛을 보냈고 마지막 호소를 했다.

"쓰레기 줍기 운동을 시작으로 5학년, 6학년 그리고 졸업하는 순간까지 계속 발전해 나가겠습니다. 여러분의 힘을 보태주세요. 그럼 이만 마치겠습니다."

반 친구들은 귀호의 말이 끝나자마자 한성우에게 쳤던 것보다 훨씬 더 큰 박수를 쳤고 한참 동안 멈추지 않았다.

"저런 식으로 가면을 써왔구나."

자연을 이용해 사람들을 공격해 온 귀호가 학교에선 자연을 지키는 영웅으로 둔갑해 있는 것에 진환은 커다란 충격을 받았다.

"그럼 이제 마지막으로 반장이 되기 위해 옆 반에서 넘어온 박진환 후보의 연설을 듣겠습니다. 자, 나오세요."

그래도 여기서 포기할 수는 없었다. 무리한 부탁을 들어준 선생님을 위해서도.

진환은 자리에서 일어나 흔들림 없이 교탁으로 향했고 도착한 뒤 반 친구들과 마주 봤다. 반을 옮기는 황당하고 수상한 일을 벌인 친구가 무슨 말을 하는지 이해되지 않는 표정들이 많았다.

"여러분이 무슨 생각을 하는지 알고 있습니다. 이상하겠죠. 반장이 되기 위해 반을 옮기다니 이런 욕심이 또 어디 있을까요. 하지만 제가 원래 있던 반의 어떤 가치를 퍼트리는 게 나쁘다고 한 귀호 후보의 말은 틀렸습니다. 저는 이 학교를 1학년 때부터 다녔습니다. 그래서 그때 저와 같은 반이었던 친구들도 지금 이곳에 많습니다."

"…."

"1학년 때 지우개 따 먹기를 하다가 제 거를 다 뺏어서 머리채를 잡고 싸웠던 준표는 4분단에 앉아 있고 2학년 때 쪽지에 적힌 물건을 찾아서 골인해야 하는 계주 달리기에서 빨간 운동화를 기꺼이 빌려주었던 민지는 1분단에 앉아 있습니다. 그리고 3학년 때 반은 다르지만 서울로 일하러 간 아버지가 그립다고 속을 털어놓고 함께 길을 걸었던 대정이는 지금 5학년이 되어 제 옆에서 꿋꿋하게 반장 재선거를 진행하고 있습니다. 그리고 지금은 병원에 있지만 개울가에서 항상 같이 놀던 구름이는 이 교실 3분단에서 공부를 하고 있죠."

"진환아…."

"그리고 분명 그속 에서 저는 여러분에게 화를 내며 상처를 주기도 했을 겁니다. 아마 여러분도 친구들에게 무심코 그런 적이 있겠죠. 그래서 미안한 마음에 잠도 못 자고 밤을 새우기도 하고 그게 큰 후회로 남아 아직까지도 지워지지 않는 흉터가 된 분도 있을 겁니다. 하지만 저는 남을 상처 준 악한 감정이 결코 가족과 친구들을 사랑하는 마음보다 크지 않다고 믿으며 여러분도 그 마음을 지키기 위해 항상 노력하고 있다는 걸 알고 있습니다."

"…."

"때문에 그 시간들이 모여 5학년 2반을 존재하게 했기에 저는 언제든지 자랑스럽게 말할 겁니다. 언젠가 졸업을 하고 헤어지게 될지도 모르지만 너희와 함께 학교를 다닐 수 있어서 행복했었다고… 너희여서 소중했었다고…."

연설보단 친구들을 향한 진심을 선택한 진환은 그렇게 인사를 한 뒤 자리로 돌아갔다.

"이… 이상으로 후보자들의 연설을… 마치겠습니다."

대정이는 눈시울이 붉어진 걸 들키지 않기 위해 창문을 바라보며 말했고 조금 뒤 담임선생님이 가져온 종이를 학생 전원이 받은 뒤 투표가 시작됐다.
결과는 압도적인 표차로 귀호가 새로운 반장으로 뽑혔다.

그렇게 한바탕 소동이 끝난 뒤 하교 시간이 찾아왔고 교실을 청소하고 도구를 정리하던 진환에게 선생님이 다가와 말씀하셨다.
혜선이가 오늘 아침에 이사를 갔다고….

그 순간 진환은 오히려 차분해졌다.
귀호가 혜선에게 무슨 짓을 할지 항상 불안했었는데
이렇게 떠나서 다행이었다.

그렇게 학교에서 나온 뒤
아무도 없는 길을 하염없이 걸었고
이윽고 개울가에 도착했다.

세 사람이 이곳에서 물장구를 치던 기억이
너무 선명해서 이름을 부르면 당장이라도
손을 흔들며 나타날 거 같았다.

"정말 간 건가?"
"나도 그래서 아쉬운걸…."

귀호였다.

"올가미를 많이 만들어 놨는데 너희들 도무지 예전처럼 놀지를 않더라. 풀숲에 들어가지를 않아. 단 한 번만 개울가에 내려갔어도 걸리는 거였는데 아쉬워…."

"이젠 구름이도 모자라 혜선이도…."

"어쨌든 너와의 이별이 그녀를 살린 건가."

"살렸다고? 너는… 생명을 뭐라고 생각하는 거야."

"아, 저기도 올가미 만들기 좋겠다."

귀호는 순식간에 또 다른 사냥감을 기다리고 있었다.

"그래… 넌 그런 놈이었지. 오늘… 반장 된 거 축하해…."

"야, 한 마리. 너희가 어디를 가든. 우리는 있는 거야."

진환은 힘없이 한 발 한 발 겨우 걸어갔고 조금 뒤 걸음을 멈췄다. 사마귀가 무서워 나아가지 못했던 자리였다.

"얼마나 많이 좌절했길래 이렇게 어두운데도 알아보는 걸까…."

어젯밤 혜선이가 했던 말은 가로등을 떠나지 않는 곤충들처럼 메아리가 되어 이곳을 맴돌았다.

"함께 이겨낼 것처럼 말해놓고…."

이렇게 어두운 밤이지만 나를 믿고 있다며 미소 짓는 혜선이의 모습은 너무도 선명했다.

"안녕… 이별해 줘서 고마워, 혜선아."

한심한 눈물이 두려움 가득한 바닥에 자꾸만 스며들었다.

2003년 7월 7일 월요일 PM 18시 10분

"오늘이 열 번째지?"
"네. 약도 이제 바닥이네요."

두 사람은 그동안 고양이에게 약을 먹이기 위해 온 신경을 집중한 터라 피곤한 상태였다. 고양이가 항상 같은 시간에 나타나 약을 계속 먹어주면 좋겠지만 안 먹고 차 밑으로 들어가는 경우도 많았고 낮이 아닌 새벽에 오기도 했다. 비슷한 시간에 오는 거 같으면서도 예상이 빗나갈 때가 있어 괜히 조급해지기도 했다.

그래도 끈기를 가지고 고양이를 기다려 아홉 번이나 약을 먹일 수 있었다.
상진은 고양이가 어떤 방식으로 먹어도 약을 먹을 수 있도록 사료 위에 골고루 뿌렸다.

"형님, 고양이가 약을 먹은 뒤로 상태가 좋아진 거 같지 않나요."

"그러게. 처음엔 먹다가 뭔가 살짝 아파하는 거 같기도 하고 영 이상했지."

"알아봤는데 그게 구내염 같은 거랍니다. 이빨이 아프거나 여러 입안에 염증이 생기는 건데 그렇게 되면 고양이가 음식을 제대로 먹을 수 없기 때문에 생명이 위험해질 수도 있답니다. 그래도 다행히 초기였는지 지금은 아파하는 기색 없이 잘 먹네요."

"많이 먹어라, 냥이야. 우리도 이제 가봐야 하거든."

"시간 참 빨리 가네요. 벌써 한 달이 지나다니."

상진은 사료를 맛있게 먹고 있는 고양이를 가까이서 보고 싶은지 옆에 가서 웅크리며 앉았다.

"형님…."

"응?"

"그동안 우리가 남에게 피해를 줬던 걸 수치화하면 얼마나 될까요? 가령 피해를 받은 사람들에게 약을 줘야 한다고 치면 그 약은 높이가 어느 정도일까요? 저 산만큼 쌓일까요? 그들이 저 고양이처럼 어디 가서 말도 못 하고 괴로워하고 있다고 생각하니까. 난 도대체 왜 태어난 걸까 싶기도 하네요."

"후회되냐?"

"네, 라고 말해도 되나요?"

"그건 네 마음이지. 어? 저 녀석 벌써 다 먹었네."

고양이는 사료를 다 먹은 뒤 다시 차 밑으로 들어갔다.
"드디어 열 번째 약 주기 완료네요."

"그래. 수고했다, 상진아."

두 사람은 고양이가 숨어 있는 차밑을 바라보다 시선을 검은 차로 옮겼다.

"몇 시까지 오라고 했죠?"

"슬슬 출발해야지. 키는 네가 가지고 있지?"

"…."

"상진아."

"이 차 주인은 분명 처음에 차를 사면서 행복에 들떠 있었겠죠. 출근길에 차가 막혀도 즐거웠을 테고 힘들 땐 혼자서 조용한 곳에 가서 울기도 했을 테고 그러다 사랑하는 사람들과 여행계획도 세우고… 수많은 일들이 있었겠죠. 이 차엔 그런 게 담겨 있잖아요."

윤재는 검은색 차에 등을 기댄 채 곧 떠날 시골집을 둘러봤다.

"그럼 상상하면 되잖아."

"네?"

"그 차의 주인이 어딘가에서 아픔을 이겨내는 걸 상상해."

"그게 의미가 있나요?"

"이 차에 네 말대로 그런 게 담겨 있다면…."

"…."

"분명 어딘가에서 필사적으로 노력하고 있을 거야. 이젠 화려함 속에 숨은 악을 꿰뚫어 봐야만 하는 시대가 왔으니까…."

7. 나아가는 모노레일

2003년 7월 7일 PM 18시

우찬은 난간 밖으로 추락하고 있는 자신의 몸을 누군가가 꽉 끌어안는 걸 느낄 수 있었다.

결의에 가득 찬 눈빛은 자신을 반드시 살리겠다고 외치는 듯했다.

"위험해. 무슨 짓이야, 너도 죽는다고!"

"저 때문에 슬픈 일을 겪으셨으니까요. 그래도 당신은 살아가야 하잖아요."

진환은 한심한 방화범을 최대한 보호하기 위해 방향을 틀어 본인이 먼저 떨어지기로 했고 아래쪽에 누가 있는지 확인했다. 그런데 밑에서 어디서 많이 본 두 남자가 손을 벌리고 있었다.

"저 사람들은…."

규재와 한솔 아저씨였다.

"당신이 매일 모는 덤프트럭의 무게도 저 정도 돼요?"

"아마 그렇겠지."

"무거웠겠네요… 그럼 오늘은 함께 짊어져 볼까요."

"가끔은 그것도 좋지."

진환과 우찬은 두 눈을 질끈 감으며 그들에게 운을 맡겼고 위에서 떨어지는 두 남자를 바라보며 그들은 외쳤다.

"괜찮아!"

"우리를 믿어!!"

조금 전 규재는 전혀 다른 시간을 보냈다. 학생들을 가르치기 위해 밤새 내용을 준비하고 그 안에 학생들의 미래에 좋은 영향을 미칠 수 있는 메시지 같은 것도 집어넣어서 학교에 왔는데 생각보다 괜찮은 수업이 되어서 다행이라고 느끼고 있었다. 그러다 학생 한 명이 쉬는 시간에 찾아와 이걸 잘 모르겠다고 궁금한 문제에 집중하는 걸 보면서 규재는 문득 이 학생처럼 어떤 문제를 풀기 위해 고민하고 좌절하는 사람이 있다면 구해주고 싶다는 생각을 했다. 그것이 위선, 가식이라고 할지라도 말이다.

그때 동료인 한영 선생이 다가오더니 밖에 누가 찾아왔다고 했다.

"한솔이라는 분 아시나요?"

"글쎄요. 처음 듣는데요?"

"지금 다 왔대요."

"네?"

"정문에 와서 기다리래요. 시간이 없다고."

"시간이 없다니요…."

누군지도 모르는 사람의 말을 전해 듣고 규재는 학교 정문에 나와서 시계를 자꾸 확인하며 기다렸다. 곧 쉬는 시간이 끝나기 때문에 당연히 마음이 급해졌다.

"뭐야. 누가 온다는 거야? 수업에 늦겠는… 어?"

조금 멀리서 온 땅에 진동을 일으키며 커다란 뭔가가 오고 있다는 걸 본능적으로 느낀 규재는 그쪽을 바라봤다.
가까워질수록 소리도 상당히 커지고 있었다.

"뭐야, 저거…."

정체를 드러낸 거대한 덤프트럭은 정문에 다 와서 나가기 좋게 방향을 틀며 멈춰 세웠고 그 반동에 겁을 먹은 규재는 뒤로 넘어져 버렸다. 하지만 알 바 아니라는 듯. 급하게 차 문을 연 남자는 소리쳤다.

"빨리 올라와! 규재가 당신이지?"
"왜 초면에 반말을."
"진환이 구하러 안 갈 거냐고!"
"거짓말. 나 수업 들어가야 하는데…."

규재는 그렇게 말을 하고 있었지만 몸은 덤프트럭을 향해 걷고 있었다.
진환이에겐 대체 어떤 일이 생긴 걸까.

"그럼 출발해 볼까."

덩치 큰 남자는 생각이 복잡한지 두 손으로 머리를 감싸 쥔 조수석에 앉은 규재를 보며 말했다.

"전화 받은 사람한테 들었겠지만, 한솔… 내 이름이야. 뭐 해, 안전벨트!"

"이러다 잘리면 미뤘던 군대에 가야 하나…."

학교는 조금씩 덤프트럭과 멀어져 갔고 규재는 왠지 다시 돌아오지 못할지도 모른다는 두려움이 생겼다. 선생님이라는 자가 수업을 빼먹고 사라진 것이다.

"이제 난 몰라. 진환이한테 피해받은 거 전부 보상하라고 할 거야. 미련 없다고 했지만 이건 아니라고…."

혼자서 중얼거리는 규재의 목소리를 들으며 한솔은 피식 웃었다.

"피해 보상이라…."

"그런데 당신은 진환이랑 무슨 관계길래 이 시간에 트럭까지 몰고 와서 나까지 데리고 가?"

"…."

"나만큼이나 진환이에게 잘못한 게 있는 거야?"

"글쎄… 그런 셈인가."

"그런 셈이라니."

"난 너희와 아무 상관이 없는 사람이었어. 이렇게 너를 태우고 곤충 박물관까지 가는 것도 사실 웃긴 거지."

"그런데 왜…."

"그놈은 말이야. 1년 전에 죽으려고 차에 뛰어든 놈이야. 바로 이 덤프트럭에….."

***

비가 추적추적 내리는 밤에 그는 약속 시간에 맞추기 위해 속도를 내고 있었다. 안전을 위해서는 속도를 줄여야 하지만 현실은 그걸 지키기 힘들게 돼 있었다.

"아… 비도 오는데 집에서 김치부침개 노릇하게 만들어서 막걸리랑 먹고 싶은데. 이게 뭐람… 그나저나 기름이 다 떨어졌네. 주변에 주유소가 있나?"

기름이 적어진 걸 확인하니 괜히 불안했지만 다행히 저 멀리 주유소 간판이 보여서 안도하던 찰나, 거리가 40미터 정도 되었을까. 저 앞에서 차를 마주 보며 남자 한 명이 서 있었다.

"이 미친!!"

필사적으로 급브레이크를 밟았고 제발 저 남자가 피하길 바랐다. 하지만 그는 움직이지 않았다.

"제발 비키란 말이야!!!"

그리고 죽고 싶었던 남자가 마음에 안 들었는지 덤프트럭은 기적적으로 아슬한 차이로 멈춰 섰다.

"너 죽고 싶어!! 비 오는데 도로에서 뭐 하는 짓이야!!!"

남자는 모든 걸 포기한 듯 허망하게 말했다.

"저는 여기 왜 있는 걸까요. 저도 그냥 있는 건가요."

"뭐라는 거야. 미친 건가."

하지만 그는 경찰서에 인계할 생각은 없었는지 덤프트럭에 올라가며 말했다.

"야… 너도 일단 타. 나 자재 배달 중이라 늦으면 안 되거든."

진환은 그 말에 잠시 고민하다 조수석에 올라탔다.
결국 그날 한솔은 일을 마치고 진환을 자신의 집으로 데려가 김치부침개를 함께 먹게 되었다.

"야, 이 부침개 예술이다. 반죽에 계란을 넣어서 엄청 고소하다고."

"네… 감사합니다…."

"너는 어려 보이니까 그냥 탄산 마셔라. 나 혼자 막걸리 먹을게."

사실은 정신적으로 힘든 상황에서 막걸리를 마시면 위험해 보여서 대충 둘러댄 그였다.

밖에선 아직도 비가 오고 베란다의 넓은 창문에 수많은 도로를 만들고 있었다.

트럭 일을 하다 보니 모든 걸 도로에 연관 지어 생각하는 습관이 생긴 그였다.

"그래서 왜 죽으려고 한 거야?"
"원래는 어제 죽으려고 했어요. 사람을 때렸거든요."
"뭐? 그 사람이 많이 다쳤어? 그래서 죄책감에."
"아니요. 저는 한 대만 때렸어요. 오히려 많이 맞았죠."
"근데 왜?"
"맞다 보니, 갑자기 이대로 죽어도 좋겠다 싶더라고요."
"…."
"그런데 그걸 느꼈는지 계속 때리던 남자가 멈추더니 일어났어요. 좋은 사람이었죠. 그런 분에게 제가 상처를 줬어요."
"너도 참 고생이구나…."

진환은 빈 유리컵에 다시 막걸리를 채웠다.

"근데 아저씨… 막걸리를 맥주잔에 드시네요."

"왜 인마. 불만 있냐. 유리컵은 어떤 음료를 따라도 사방으로 색이 보이니까 재미가 있거든. 그래서 음료수 살 때 색깔도 신경 써서 고르지."

"그런가요. 저는 살아오면서 사람들에게 색을 너무 안 보여줬나 봐요. 계속 저를 떠나기만 해요."

"…."

"유리컵에 담아 계속 보고 싶은 색을 가질 수 있다면 얼마나 좋을까요."

"자식…."

한솔은 자신의 핸드폰 번호를 적은 종이를 건네주며 말했다.

"나중에 배고프면 또 연락해라. 내일 일찍 일어나서 가야 하니까 미리 주는 거야."

"네. 오늘 같은 날에 연락하면 되는 거죠."

규재는 그의 말을 들으며 얼굴이 창백해졌다.

"내 생각이 맞다면 당신은 아마 휴게소에서 헤어진 뒤 뒤늦게 깨달은 거야."

"…."

"오늘 같은 날에 연락한다는 거… 그 말은…."

"그래, 맞아. 오늘처럼 죽고 싶은 날에 연락한다는 거지. 죽고 싶은 놈을 살려버렸으니 나에게도 책임이 있는 거야. 너도 그렇고."

"그래서 나를 데리러 온 거였군. 근데 당신, 내가 일하는 곳이랑 동료 선생님 연락처를 어떻게 알았어?"

"어떤 사람이 나에게 문자를 보냈거든."

"문자?"

"자살하려는 진환 씨를 구하려면 한 분이 더 필요합니다. 지금 학교 주소와 지인의 번호를 보내드렸으니 부디 그가 다시 걸어갈 수 있게 도와주세요."

"경찰은 아닌 거 같고 우리에 대해 알고 있는 사람인 건 확실한 거 같네."

한솔은 아무렴 상관없다는 듯, 핸들을 꽉 잡고 속도를 올리며 도로를 헤쳐 가는 것에 집중했다.

"차를 바라보던 그놈의 눈빛을 지금도 잊지 못하지. 그날 죽고 싶은 마음도 있었겠지만 말이야. 왠지 그 눈빛 속에 뭔가를 넘고 싶어 하는 의지도 비쳤던 거 같아. 그래서 지금 당신을 데리고 가는 건지 모르지."

"넘고 싶다라…."

"굳이 말하자면 절망 같은 게 아닐까?"

2003년 7월 7일 PM 18시 5초

규재와 한솔 아저씨는 난간에서 떨어지는 두 사람을 받기 위해 어깨동무를 했다.
"우리가 친구는 아니지만 절대 풀지 마!"
"알고 있다고요!"

다칠 수 있다는 생각도 들었지만 그건 중요하지 않았다. 단지 이 어깨동무로 만든 그물 속으로 저 두 사람이 무사히 도착했으면 했다. 권투 선수에게 한 대 맞으면 이런 느낌인 걸까. 몇 초 뒤 몰아치는 엄청난 충격에 눈이 핑 돌았고 방금 전까지 보이던 풍경이 꺼졌지만 그 순간에도 두 사람이 무사히 도착한 것이길 바랐다.

***

"나 지금 옆 반 여자애한테 고백하러 갈 건데 가능하면 같이 가줄래?"

"오늘 입학식인데? 그리고 우리 지금 싸우고 있던 거 안 보여?"

"진환아… 인호야…."

규재는 상처투성이가 된 채 꿈을 꾸는지 잠꼬대처럼 말했다.

"응. 얼마든지…."

***

우찬과 진환이 추락했지만 두 사람이 잘 받아준 덕분에 전원 부상을 입긴 했어도 무사했고 수연과 희원 그리고 용민이 달려와 몸 상태를 살피며 깨어나라고 외쳤다.

조금 뒤 119가 도착해 부상의 정도를 확인한 뒤 진환을 제외한 모두가 병원으로 가야 했다.

"미안해… 나 때문에….."

"바보 같긴… 이제 좀 진심을 믿어줄래?"

"좀 떨어져서 앉아봐. 좁잖아."

들것에 누울 정도는 아니라서 119 구급차에 끼여 앉은 세 사람은 그렇게 하얀 뒷문이 닫힐 때 브이를 하며 웃었다.
사실 본인도 가야 하지만 거부한 진환은 수연에게 부축을 받으며 구급차가 완전히 사라질 때까지 주차장에서 자리를 지켰다.

그리고 누가 신고했는지 경찰차가 한 대 오더니 순경 두 명이 내려서 곤충 박물관 불개미의 입구가 어디냐고 물어본 뒤 그쪽으로 걸어갔다.

"우찬 선배 괜찮을까요. 조사하면 아마 구속될지도 몰라요."

"그렇겠지…."

그때 뒤에서 급하게 어디에 갔다 온다며 사라졌던 강혁이 수연의 이름을 부르면서 다가왔다.

"자기야, 괜찮아? 방화소동이 있었다며."

"으응… 자기는 어디 있었어?"

"나는 계약 때문에 카페에 있었어. 다행히 잘된 거 같아. 그런데."

"응?"

"당신은 이제 좀 수연 씨한테서 떨어지지?"

"네?"

강혁은 진환을 적대적인 눈빛으로 노려보고 있었다.

"너 우찬이라는 사람한테 시켜서 박물관에 불을 지르려고 한 테러범이잖아."

"자기 지금 무슨 소리 하는 거야."

그렇게 말한 뒤 강혁은 수연의 손을 잡고 사건현장을 조사하고 있는 순경들에게 다가가 진환을 가리키며 테러범이라고 말을 했고 난데없이 범죄자가 된 진환은 머리가 멍해져 아무 말도 할 수 없었다. 그리고 현장에서 신고를 받은 순경 두 명이 걸어왔다.

"박진환 씨. 정말 방화범에게 시켜서 박물관에 불을 지르려 했습니까."

"아… 아닙니다. 저 사람이 오해한 겁니다."

"무슨 소리야. 내가 당신이 검은 차를 가져온 걸 봤는데 뭔가 수상해서 창문을 봤는데 테러에 필요한 도구들이 많이 있던걸. 휘발유로 보이는 액체가 든 통, 라이터 그리고 각종 연장들. 그게 증거가 아니면 뭔데."

"그 차를 어디서 봤나요."

"여기 말고 저 아래쪽의 주차장입니다. 이곳은 눈에 잘 띄니까 아래쪽을 선택했겠죠. 그리고 나무 밑 그늘에 댔던데 아마 휘발유가 열을 받으면 위험해서일 겁니다. 뭐 여행을 온 것처럼 쇼를 했으니 공범이 차를 이곳에 가져왔겠죠."

"상당히 자세히 알고 계시네요. 직업이 뭡니까."

"자동차 매매 관련해서 일하고 있습니다."

"그렇군요. 그럼 일단 같이 가보죠."

확신에 찬 그의 말에 다 함께 아래쪽 주차장으로 내려갔지만 어디에도 검은색 차는 없었다.

"어떻게 된 거죠?"

"이… 이럴 리가 없는데, 들킬 걸 예상해서 차를 빼돌렸나 봅니다."

"그럼 CCTV를 확인해 보죠. 장 순경은 박물관 보안팀에 연락해."

"네!"

수연은 갑자기 진환을 테러범이라고 몰아가며 검은색 차가 있다고 하는 강혁에게 말했다.

"자기, 아까 카페에 있었던 거 맞아?"

"당연하지. 그건 왜? 내가 이상해 보여?"

"자기는 남을 의심하는 사람이 아니었으니까. 돈을 잃어버려도 남을 믿었고 결국 지갑이 아닌 가방에 있는 돈을 발견하고 뿌듯해하던 사람이잖아. 그건 거짓이었어?"

"내가 지금 누굴 위해서 이러는지 알아? 바로 너라고. 그런데 나한테 그런 식으로 말해? 테러범을 테러범이라고 말한 게 잘못이야?"

"그렇지만…."

"됐어. 더 이상 듣기 싫어. 나 담배 좀 피고 올게."

김 순경은 개인행동을 하려는 강혁에게 주의를 줬다.

"금방 오셔야 합니다. 확인이 그리 오래 걸리진 않을 겁니다."

"알고 있어요."

강혁은 담뱃갑을 꺼내 한 개비를 입에 물고 거리가 좀 떨어진 자판기 쪽으로 걸어갔고 진환은 뭔가 깜박한 게 있는 거 같다는 생각이 자꾸 들었다.

"수연씨, 우리 뭔가 잊고 있는 게 있나요?"
"네?"
"오늘 하루 종일 혼자는 아니었는데. 아까 추락하면서 후유증이 생긴 걸까요…."

수연은 뭔가 알고 있다는 듯 대답했다.

"아침부터 있었던 일을 떠올리세요."

"글쎄요. 아침부터 터미널에서 떡볶이를 먹고 버스에 타서 창문을 보는데 누가 자꾸 말을 걸긴 했죠. 그러다 휴게소에서 우동이 너무 맛있어서 그 사람한테 한입도 안 준…?"

"기억나세요?"

"그러고 보니 종이에 자꾸 뭐를 적으면서 중얼거리던 사람이… 아!!"

추락의 후유증으로 잠시 잊고 있었지만 여행을 향한 아침의 열정은 여전히 어둠 속에 살아 있었다.

"작가 지망생!!"

2003년 7월 7일 PM 19시 15분

"냐옹아, 우리 이제 가야 돼. 그만 좀 나와라… 미치겠네…."

"그래서 지금은 시동을 절대 걸어선 안 돼요."

"고양이들은 차 속도 좋아한다며 그래서 저러는 거냐."

"고양이들은 엔진룸에 들어가는 걸 좋아해요. 안전하게 느껴지니까요. 그래서 시동을 걸 때는 보닛을 충분히 두드려서 고양이가 알아서 나가도록 유도해야 하죠….”

"근데 아무리 두드려도 안 나가잖아."

윤재는 시간이 늦을 수 있는 상황에서 고양이가 발목을 잡는 것에 스트레스를 받고 있었다. 사료를 그렇게 주고 약을 어렵게 구해서 겨우겨우 먹이고 한달 동안 최선을 다해서 돌봐줬는데 고양이는 무심했다.

"저 차 안에 있는 걸 꺼내서 우리 차로 옮겨서 갈까요?"

"그럼 아무 의미가 없잖아. 반드시 이 차여야 한다고. 냐옹아, 빨리 나와!!"

윤재는 검은색 차에 발길질을 했고 그 충격에 차 밑에서 고양이가 나오더니 얼마 전 달빛을 바라보던 돌담으로 올라갔다.

"드디어 나왔네. 형님 가죠!"

"그래, 아직은 아슬아슬해."

두 사람은 빠르게 검은색 차에 탄 뒤 시동을 걸었지만 차 열쇠는 그들의 마음을 몰라주는지 헛도는 소리만 들렸다.

"응? 이 차 왜 이래. 한 달 동안 안 타서 고장 났나?"

"배터리가 나가지 않도록 하루에 한 번은 시동을 켰잖아."

"네. 그랬죠. 설마⋯."

"왜 그래?"

"보닛 좀 확인할게요."

상진은 급하게 차 앞으로 간 뒤 보닛을 열고 원인을 찾으려 했다. 그리고 1분 뒤 뚜껑을 강하게 닫았다.

"아 깜짝이야! 뭐야, 인마."

"형님⋯."

"빨리 말해, 자식아!!"

"차 배선이 끊어졌습니다. 아마도 끊어진 건⋯."

두 사람은 본능적으로 돌담에 올라선 고양이를 바라봤다.

"저놈이 원인인 거 같습니다."

"그렇다는 건…."

"우리는 곤충 박물관에 갈 수 없게 된 거죠."

윤재는 차에서 내린 뒤 허탈했는지 시골집 마당에 주저앉아 버렸다. 그리고 누군가에게 전화가 걸려 왔다.

"여보세요? 네. 그게… 차가 고장 나서 갈 수가 없습니다."

전화를 건 사람이 많이 화가 났는지 큰 목소리가 마당 전체에 울려 퍼졌고 고양이는 뾰족한 귀를 안테나처럼 잠시 움직였지만 관심을 가지진 않았다.

"저기. 이런 말 하긴 죄송하지만 폭염으로 인해 누군가 느려져야 한다면 그건 바로 우리여야 하는 게 아닐까 합니다. 그럼 끊겠습니다."

"괜찮을까요. 형님?"

"글쎄, 냐옹아, 너는 어떻게 생각하냐."

윤재의 질문에 대한 대답이었을까?
서서히 어두워지는 시간인데도 동네 스피커에서 안내방송이 흘러나왔다.

"알려드립니다. 내일도 폭염주의 특보가 발령될 예정입니다. 주민 여러분들께서는 야외활동을 자제하시고 건강관리를 잘하시어 1년 농사에 문제가 없도록 만전을 기하시길 바랍니다."

선배는 안내방송과 함께 경운기를 타고 지나가는 옆집 아저씨에게 고개를 숙여 인사를 한 뒤 마당에 대자로 누워 기분 좋게 하늘을 바라봤다.

"고맙다, 냐옹아."

2003년 7월 7일 PM 19시 20분

"뭐, 폭염이 뭘 느리게 해? 미친 새끼야, 죽고 싶어?"

"미친 건 당신 같은데요."

강혁은 화들짝 놀라 목소리가 들리는 쪽으로 고개를 돌렸다. 그곳엔 종이를 한 손에 쥐고 자신을 바라보는 성훈이 서 있었다.

"시외버스를 타면서부터 느꼈지만 당신은 목소리가 너무 컸어요."

"뭐? 목소리 큰 게 왜."

"그건 마치 과시하는 거 같았어요. 내가 지금 일을 하고 있다. 내가 지금 상대방을 짓누르고 있다. 주변에 보여주려는 듯한 분위기가 강했죠."

"무슨 소린지 모르겠는데?"

"그걸 해석하면 이렇게 됩니다. 진환은 지금 내 손아귀에 있다. 내가 이렇게 크게 소리치며 티를 내고 있어도 아무것도 모른다."

"소설 쓰고 있네."

"맞아요. 오늘 저는 하루 종일 종이에 단어를 적으며 소설을 썼어요. 봐요. 종이가 몇 장이나 되잖아요. 전체적인 플롯을 완성하고 인물도 만들고 오늘 하루 동안 만난 사람들로 이야기를 만들었어요. 그런데 문제는 당신도 등장인물로 넣었는데 아무리 머리를 굴려도 당신만 선역이 불가능했어요."

"뭐?"

"큰 목소리, 화, 억압, 오만, 비도덕, 돌변, 과시 이런 단어들을 조합해 당신이란 사람을 최대한 표현해 봤는데 당신에게 가장 잘 어울리는 건 자신의 여자친구가 지금도 전 연인을 사랑한다는 이유로 그에게 테러범이라는 누명을 씌우고 범죄자로 만들려 하는 극악무도한 사이코패스입니다. 바람, 데이트, 도착, 평일은 가면인 걸까요. 직업은 아까 말씀하셨듯 자동차 매매 관련해서 일하고 계시죠."

"이거 완전 미친놈이네."

"당신은 자신감에 가득 차서 실수를 또 저지를 겁니다."

"자동차 매매 관련 일을 하는 게 도대체 무슨 상관이지? 이 직업을 우습게 보는 거야?"

"그 직업의 가치를 우습게 보는 건 당신 아닌가요? 당신은 한 달 전 진환 씨에게 차 판매를 권유했고 여자친구랑 헤어지고 의욕이 없었던 그는 당신에게 위임했어요. 여자친구에게 진환 씨에 대해 계속 물어보면서 여행 커뮤니티를 좋아한다는 걸 알아낸 당신은 채팅방을 만들었고 그가 들어올 때까지 기다렸습니다. 어느 날 그는 정말 들어왔고 여행 이야기로 자연스럽게 가까워진 다음 계속 차에 관련된 전문적인 이야기를 하면서 신뢰를 하도록 만들었습니다. 그렇게 설득을 했고 방금 시골에서 전화를 한 선배의 후배가 찾아가 계약서를 작성했겠죠. 당신은 자신의 얼굴을 공개하기 꺼려 했으니까요. 그러다 오늘 왜인지 자신감이 넘치는 바람에 얼굴을 공개해 버렸습니다. 서울 시외버스 터미널에서부터 말이죠. 계속 내가 이겼다는 듯이 과시를 했어요."

"…."

"그건 자신의 계획이 너무도 완벽했기 때문일 겁니다. 자신과 매일 채팅방에서 얘기하던 좋은 사람이 차 판매를 권유하고 그 차에 테러범으로 의심받을 도구를 넣고 바로 특정 시골집으로 보내고 미리 포섭해 놓은 상황이 곤란한 심부름꾼들을 이용해 오늘 곤충 박물관 주차장으로 가져오게 한다. 그렇게 한 다음 사실은 우찬 씨가 진환 씨의 사주를 받은 공범이었다고 말하려 했죠?"

"웃기고 있네…."

"그리고 당신은 그 심부름꾼들조차도 진환 씨의 테러를 돕는 공범으로 만들려 했죠. 분명 그들은 경찰서에 잡혀가면 그동안 저지른 부정한 일들이 밝혀지기 때문에 아무리 억울함을 토로해도 소용없을 겁니다. CCTV에 차를 세우는 것도 다 나올 테니까요. 아마 그들의 정보도 차 계약과 관련된 누군가에게 얻었을 겁니다. 때문에 시골집 노부부라는 가면을 쓴 공범이 존재할 가능성도 배제할 수 없습니다."

"…."

"어쨌든 당신의 계획은 진환 씨가 우찬 씨를 막으려고 올라간 순간. 전혀 엉뚱한 방향으로 흘러가기 시작했죠. 방화범에게 테러를 사주한 진환 씨가 갑자기 올라가서 만류하고 같이 떨어진다? 스토리가 영 아니죠. 이건 범죄를 저지르려고 했지만 반성한 사람의 스토리잖아요. 그래서 당신은 숨어서 지켜보다가 마음이 급해졌습니다. 그래도 심부름꾼들이 진환 씨의 차를 가져오기만 하면 테러범으로 몰 가능성은 있었으니까 일말의 기대를 했죠. 하지만 그들도 결국 마음을 바꾸고 오지 않았습니다."

"이…."

"수상한 건 그것뿐만이 아니에요."

"수연아… 너도 나를 의심하는 거야?"

그녀는 진환을 부축한 채 걸어오더니 오늘 느꼈던 이상한 점들을 말하기 시작했다.

"강혁 씨는 원래 자동차를 타고 오는 걸 좋아했어요. 버스는 사람이 많아서 싫다고 했죠. 단 한 번도 버스를 타고 온 적이 없어요. 아침에 전화를 할 때도 버스를 타고 오고 있다는 얘기를 하지 않았죠."

"그건 놀라게 해주려고."

"하지만 버스에서 내린 당신은 박물관도 나도 보지 않았고 제일 먼저 한 게 아래쪽 주차장을 내려봤다는 거예요. 혹시 그들이 차를 미리 가져왔나 보려고 한 거죠? 원래 당신은 차에서 내리면 박물관을 바라보며 기분 좋게 기지개를 켜지 않았나요? 저처럼요. 그런데 버스를 타고 온 오늘은 그렇지 않았어요. 그래서 전 마치 다른 사람을 보는 기분이었어요. 그러고 보면 저에게 자꾸 우찬 씨와 진환 씨에 대해 물어보곤 했었죠."

성훈은 거기에 보탰다.

"맞아요. 모든 일의 시작은 우찬 씨와 진환 씨의 싸움이었어요. 그 이후 우찬 씨는 회사에서 스스로 나왔음에도 가끔씩 찾아가 공원에 앉아 있다 돌아가곤 했어요. 너무 허망하고 슬퍼서 말이죠. 수연 씨는 이미 그걸 알고 있었고 비밀로 했어요. 그러다 이별 이후 만난 새로운 연인인 강혁 씨를 믿었던 수연 씨는 어느 날 우찬 씨에 대해 털어놓았고 다시 돌아왔으면 좋겠다고 했어요. 그리고 진환 씨가 불편했던 그는 이야기를 듣자마자 이거다 싶었죠. 그래서 우찬 씨를 공원에서 만날 때면 기회를 놓치지 않고 접근해 가까워졌어요. 채팅방과 같은 방식으로요. 그러다 진환 씨에게 복수할 수 있는 방화를 권유했죠."

"나쁜 자식… 네가 선배를 그렇게… 용서 못 해…."

희원은 화를 참지 못해 다가가려 했지만 순경들에게 제지되었다.

"흐흐… 하하하."

갑자기 강혁은 크게 웃으며 진환을 노려봤다.

"하지만 너는 역시 테러범이 맞잖아?"

"뭐?"

"네 품에 독약이 든 유리병이 있잖아."

"독약?"

"불이 아니라도 얼마든지 그걸로 테러를 저지를 수 있잖아. 경찰 아저씨, 저놈의 옷을 조사해 보세요."

김순경은 그 말을 듣고 진환의 옷을 뒤졌다.

"버스 안에서 얘기하는 거 다 들었어. 수연 씨를 마지막으로 보고 그걸 마셔 자살할 거라고 장난처럼 말했지만 웃기지 마. 승객들은 웃어도 과거를 아는 난 안 속아. 넌 그걸로 테러를 계획한 거야."

윗옷부터 바지까지 전부 뒤져본 김 순경은 고개를 저으면서 말했다.

"글쎄요. 그런 건 없습니다."

또다시 예상이 빗나가자 강혁은 얼굴이 일그러졌다.

"뭐? 말도 안 돼… 그럼 여기 박물관 어딘가에 숨겨…."

"그거 성훈 씨가 적어준 걸 읽은 거예요. 소설의 한 장면이라면서 저를 캐릭터화한 거라 한번 기념으로 읽어달라고 했어요. 예전에 자살하려고 했을 때 가까스로 차를 멈췄던 분이 유리컵으로 막걸리 마시는 걸 즐겼거든요. 그걸 말해주니 금방 스토리를 적더라고요."

자신의 모든 흉기가 작가 지망생의 상상 속으로 빨려 들어가는 거 같았을까.
강혁은 무릎을 꿇고 말도 안 된다는 말을 반복했다.

"말도 안 돼… 내가 이기는 건 상상이 아니야…."

"거봐요. 내가 그랬죠. 한 번 더 실수할 거라고."

"말도 안 돼…."

"결국 당신의 자신감과 달리 우찬 씨는 불개미의 입 위로 올라가 자신이 좋아했던 이 박물관의 풍경을 바라보면서 마음을 바꿨고 저 후배에게 변함없는 미소를 지었어요. 그는 이곳을 진심으로 사랑했으니까요. 당신은 그 마음을 악행에 이용했지만 한심한 방화범은 그 절망을 넘어섰어요. 거기서 이미 당신의 계획은 끝난 거죠."

"아니야… 아니야… 그놈들이 차만 가지고 왔어도 내가 이기는 거였어."

"하지만 그들이 왔어도 잡혔을 텐데요. 그렇게 되면 당신이 사주했다는 걸 말하지 않을까요? 전화추적 다 가능해요. 당신이 모든 걸 컨트롤했다고 자만했겠지만 결국 치명적인 실수를 저질렀어요. 우리 인생에 나쁜 길이 있다면 선한 길도 있다는 걸 망각한 거죠. 당신은 길의 의미를 알려고 하지 않았어요."

"이럴 리가 없어… 내 계획은 완벽했는데…."

"속마음을 다 털어놓지는 못해도 사랑하는 사람들과 차를 타고 어두운 도로 속에서 미소를 짓고 눈물을 닦고 그렇게 나아가는 그 마음 그 무게와 함께하는 게 자동차 매매 종사자분들입니다. 당신은 그분들의 가치에 상처를 줬습니다."

"…."

"김 순경님, CCTV 확인해 본 결과 주차장에 검은색 차는 아침에 단 한 대가 있었습니다. 거기에선 두 남자가 아니라 한 가족이 내렸고 오후 2시쯤에 돌아갔습니다."

"그리고 착각하지 마세요. 설사 배선이 끊어지지 않았다 해도 그들은 오지 않았습니다. 왜냐면 배선을 끊고 싶었던 건 선배였을 테니까요. 후배의 미래를 위해 결단을 내린 걸 겁니다. 아마 그대로 떠났겠죠."

"그걸 네가 어떻게 아는데."

"말씀드렸잖아요. 전화추적 다 가능하다니까요. 시골집에서 어떤 일이 있었는지는 모르지만 당신과의 통화에서 감정의 변화가 있었고 적어도 오늘만은 사람에게 상처 주는 짓을 그만두게 된 건 확실합니다. 결국 강혁 당신은 거짓신고를 통해 진환 씨를 테러범으로 모함한 사기혐의로 조사를 받게 될 겁니다. 하지만…."

"?"

"하지만… 우찬 씨 역시 당신에게 속고 이용당했다 해도 방화를 시도한 건 사실이기 때문에 저는 스토리를 하나 더 만들어야 했습니다. 모자를 뒤집어쓴 우찬 씨는 용민 씨에게 한 소리를 듣고 버스를 타러 가는 것처럼 연기했지만 다시 돌아와 기회를 봐서 불개미의 입 위로 올라가려 했습니다.

그걸 파악한 저는 미리 보안팀에 부탁해 관람객들을 최대한 빨리 퇴장시켜서 피해 없는 방화소동을 만들었죠. 진환 씨는 억울하게 회사에서 나온 우찬 씨에게 방화를 권유했지만 결국 후회하며 난간에 따라 올라가 설득했고 진심을 느낀 그도 마음을 바꾸지만 기름을 밟는 바람에 실수로 같이 추락하게 됩니다.

그리고 그런 두 사람을 멀리서 달려온 소중한 사람들이 위험을 무릅쓰고 받아주죠.

물론 두 사람 모두 처벌을 받겠지만 그 이후엔 꿈을 가지고 다시 살아갈 겁니다.

이게 내일 아침의 신문 내용이 될 겁니다. 진환 씨는 이미 그렇게 결심을 했고요.

그를 그렇게 만든 건 자신이기에 꼭 책임을 지고 싶은 거죠?"

그 말을 들은 수연은 놀라서 그를 바라봤고 진환은 조용히 고개를 끄덕였다.

"네… 맞아요… 아까 강혁 씨가 저를 테러범이라고 몰아붙일 때 놀라긴 했지만 이후 제가 그 역할을 해야 한다고 느꼈습니다. 저 역시 어떤 의미에서는 우찬 씨 인생에서 테러범이 맞으니까요. 그걸 눈치채시다니 놀랍네요. 우찬 씨를 절벽으로 몰아넣은 책임에서 도망친다면 저는 앞으로 나아갈 수 없을 겁니다. 그래서 강혁 씨의 악역을 뺏기로 했습니다."

"자살이 아닌 테러 공범을 선택하다니… 그게 진환 씨의 진심인가요."

믿을 수 없는 결정을 한 그는 수연의 눈가에 고인 눈물 속에서 꿋꿋이 서 있었다.

"모든 증거가 강혁 씨를 진범이라고 말하고 있는데도 진환 씨 당신만은 다른 생각이 있는 듯 고심하고 있었죠. 그래서 또 하나의 스토리가 떠오른 겁니다."

"…."

"결국 진짜 범인인 당신은 진환 씨를 테러범으로 만드는 것에 성공하지만 그건 그들에게 절망이 아닌 새로운 시작이 되어버립니다. 방화가 아닌 마음속의 열정이 살아났으니까요. 그렇게 계획에 실패한 당신은 유유히 빠져나가며 다음을 기약합니다. 어쩌실래요? 영상을 본 다른 경찰들은 진정성을 느끼고 사건이 일단락되었다고 생각했는지 출동하지 않았습니다. 저 순경 두 분을 믿은 거죠. 박물관에 찾아온 몇 개의 방송사도 입구 앞에서 분위기를 살피다 날도 어두워지고 건질 게 없다 싶었는지 현장중계 조금 하다가 돌아갔습니다.

당신도 그만 이번 에피소드에서 사라져 주시는 게 어떨까요?"

"…."

"다시 살기 위해 용기를 낸 그들을 저는 목숨을 걸고 지킬 겁니다."

그 말을 조용히 듣고 있던 강혁은 알아들었다는 듯 뒷걸음쳤다.

"후… 진짜 재밌는 놈들이네. 내가 계획한 범죄를 저놈이 뒤집어쓸 거라니 놀라워… 근데 난 정말로 돌아올 거야. 이번엔 방심했지만 다음엔 다를 거야. 너희들 전부 각오해 두는 게 좋아."

"기다리고 있겠습니다."

그는 원래 자신의 자리라고 말하는 것처럼 서늘한 어둠 속으로 사라졌다.

성훈은 이곳 곤충 박물관에 온 순간부터 작년에 함께 사건을 해결했던 최 순경에게 연락을 했고 다행히 도움을 받을 수 있었다.
그렇게 순경들은 강혁을 그냥 보내줬고 수연은 그의 이름을 부르며 진심으로 말했다.

"강혁 씨… 난 박물관을 바라보던 당신의 마음이 거짓이라고 생가

하지 않아. 함께 여행 가자는 마음을 담은 그 닉네임도."

"그래. 바람, 데이트, 도착, 평일 같은 거였지…."

시원한 바람을 맞으며 그녀를 만나러 가던 강혁은 창문을 닫았다.

"저기 근데 우리는 언제 퇴원하는 거죠?"

"엑스레이를 찍어본 결과 작은 골절이 규재 씨 우찬 씨 두 분에게 있어서 치료를 받아야 합니다. 뼈뿐만 아니라 경상이긴 해도 피부에 상처도 있고요."

"뭐 결국 나만 멀쩡한 건가. 내가 간병인 역할을 좀 해야겠네."

"저희가 알아서 할 테니까. 그냥 가만히 누워 계세요."

"네…."

간호사는 갑자기 움직이려는 한솔 아저씨를 한 방에 제압했고 걱정하는 사람들이 보냈는지 핸드폰 문자를 잠시 확인한 우찬은 말없이 응급실 천장만 바라봤다. 그리고 잠시 뒤 옆에 누군가 다가와 침대 밑에 구비해 놓은 환자용 침대를 꺼내 앉았다.

7. 나아가는 모노레일

"안녕하세요, 선배님."

"아 넌."

수연씨와 아침마다 버스로 함께 출근하던 공원 관리팀의 용민이었다.

"몸은 어때요?"

"뭐, 살 만해. 근데 왜 왔어?"

"한 가지 소식을 전해주려고요."

"소식?"

"네. 사실 아까 낮에 성훈이라는 사람이 보안팀으로 오더니 지금 방화소동을 벌이고 있는 건 예전에 폭력소동으로 스스로 회사를 나간 우찬 씨라고 했어요. 그런데 지금 수연 씨의 전 남자친구인 진환 씨에게 속아서 저런 소동을 벌이고 있는 거라고 하지만 그는 진정으로 사랑하던 이곳에서 절대 죽거나 불을 붙이지 않을 테니 그가 삶을 포기하지 않고 살아갈 수 있도록 제발 단 한 분도 신고하지 말아달라고 진환 씨도 지금 후회하고 있으니 반드시 해결하겠다고 호소했습니다. 그렇게 보안팀은 비밀리에 전 직원을 설득했습니다. 그리고 실제로 단 한 분도 경찰에 신고하지 않았습니다."

"그게 가능한 거야? 그래서 늦게 나타난 거구나… 그런데 복귀라니?"

"사실 선배가 추락하는 걸 밑에서 받아주는 선생님의 모습이 인터넷에 올라왔을 때 제일 먼저 퍼트린 게 저기 규재 씨의 제자들이었습니다. 그리고 그 영상은 제가 올렸죠."

규재는 그 말을 듣고 믿기지 않는다는 표정을 지었다.

"이번엔 그 녀석들이 나를 구해주는구나."

"아무튼 그게 불씨가 되어 순식간에 박물관 위원회까지 늦은 밤에 긴급소집이 되었죠. 그렇게 모두가 대처방안을 고심하고 있을 때 전화가 걸려 왔습니다."

"전화요?"

"그 사람은 불개미 모양의 박물관을 만든 건축가였고 사장에게 선배를 나중에 복귀시켜 주라고 요구했어요. 자신의 건물을 예술로 승화시켰다고요."

"…."

"그리고 말했어요. 어느 날 불개미에게 물려서 건물 디자인을 떠올렸던 건 불개미에게서 자신을 의심하지 않는 믿음 같은 걸 봤기 때문이래요. 자신보다 수만 배 수억 배나 큰 괴물을 당당히 물었으니 그보다 훌륭한 디자인은 떠올릴 수 없었대요."

"…."

"그러니까. 당신에겐 불개미와 같은 열정이 있대요. 결국 위원회는 당신을 품어주는 방향으로 가기로 했어요. 그래서 대신 말해주러 왔어요. 잘못한 만큼 벌을 달게 받고 나면 그다음 날부터 출근하세요. 선배 저 아직 못 배운 게 산처럼 많다고요."

"그게 정말이야? 저분이 복귀를 한다고?"

우찬은 난간에 올라와 소리치던 진환의 모습을 떠올리며 고마움과 미안함에 눈물을 글썽였다.

"이게 그의 진심…."

옆에서 듣고 있던 두 사람은 너나 할 거 없이 베개를 들고 한심한 방화범에게 달려들어 축하했고 간호사는 기겁을 하며 제지했다.

논밭에 서 있던 화난 백로는 그렇게 모두와 저 하늘을 꿈꿨다.

"그럼 이만 갈까…."

아까 도착한 뒤 응급실 밖 로비에서 다 듣고 있던 한 남자는 병원에서 나와 미약한 온기가 남아 있는 택시 뒷자석에 몸을 실었다.

"어서오세요, 손님! 어디로 갈까요?"

남자는 뭔가에 물렸다 아문 손가락의 상처를 바라봤다.

"절망 속에 쌓아 올린 멋진 건물이 노을처럼 서 있는 곳이요."

2003년 7월 7일 PM 21시

"경찰 아저씨, 그거 잘 부탁드려요."

"아, 유리병이요. 근데 갖고 있는 걸 어떻게 알았어요?"

"네. 도감실에서 우는 모습을 보고 겨우 눈치챌 수 있었어요."

"그랬군요. 진짜로 있어서 깜짝 놀랐네요. 다른 경찰들이 인터넷

영상을 보고 오기 전에 주변 경찰서 파출소에 전화해서 범인이 우리 파출소에 자수하기로 했다고 말해놔서 다행이에요. 그 말에 책임지라고 호통을 듣기도 했지만요. 다른 경찰들이 왔으면 자살을 하기 위한 독약을 테러에 쓰이는 독약으로 오해했을 테니 위험했을 겁니다. 뭐 자살이라는 것도 자신에 대한 테러인 건 마찬가지긴 하지만요. 어쨌든 저 사람은 정말로 죽고 싶었던 거네요."

"물론 그랬겠지만 우동을 먹고 버스로 달려갈 때 그러더라고요. 유리병에 담고 사방에서 봐도 아름다운 그런 색을 가진 사람이 되고 싶었다고요. 그래서 어쩌면 희망이 있을지도 모른다 싶었죠."

"최 선배 말대로 신기한 사람이네요. 아까 전화로 자신이 책임질 테니 성훈이라는 사람을 믿어보라고 하시던데 알고 보니 작년에 사건이 여러 개 있었네요. 괴롭힘당하던 여학생을 도운 적도 있고."

"아 그랬었죠⋯."

"사실 방화소동 때 전 직원이 신고를 안 한다는 보장이 없는 건데 그걸 어떻게 확신하셨나요. 그래서 최 선배에게 연락받은 우리만 오는 게 가능했죠. 다른 경찰들이 먼저 왔다면 품에 있는 독약이 발견되어 잡혀갔을 겁니다. 다른 곳에 버렸어도 반드시 들켰을 테니까요."

"우찬 씨는 오늘 수연 씨를 통해 알았고 이곳에 와 있다는 얘기에 직원들이 보일 때마다 그분에 대해 어떻게 생각하는지 물어봤죠. 그런데 안 좋게 말하는 사람은 단 한 명도 없었습니다. 적어도 일할 때의 자세에 대해서는요. 그러던 중 방화소동이 벌어졌지만 확신했죠. 지금 상황을 충분히 설명하면 아무도 신고 안 할 거라는 걸요. 그리고 다시 돌아오면 분명 반겨줄 거라고요."

"작가 지망생이라고 했죠. 나중에 당신이 쓴 글을 한번 읽어보고 싶네요. 그리고 이 약은 안전하게 처리할 테니 걱정 마세요."

"네. 감사합니다."

"그럼, 우린 복귀하겠습니다. 진환 씨는 말했던 대로 수연 씨가 책임지고 함께 파출소로 온다고 했으니 기다리고 있겠습니다."

성훈은 떠나는 경찰차 쪽으로 감사함을 담아 허리 숙여 인사를 했고 하루 종일 쓴 글자들이 번진 종이를 후후 불어 턴 뒤 가방에 넣었다.

"그럼 다음은 어디로 가야 하나… 불개미야, 너는 알아?"

***

진환은 영업시간이 지나 불이 꺼진 모노레일을 가만히 바라보다 뒤돌아 가려고 했다.

그런데 수연이 앞을 가로막았다.

"벌써 파출소에 가려고요? 진환 씨, 아직 모노레일을 타지 못했잖아요."

"생각해 봤는데 저는 역시 자격이 없어요. 타워의 불이 꺼져서 다행이에요."

"…."

"비켜주세요."

마지막이 되지 않도록 필사적으로 막던 그녀는 오래전 함께하던 어둠 속에서 다시 한번 그의 손을 잡았다.

"아직도 넘지 못한 거죠. 압정이 당신을 짓누르고 있어서."

"…."

"나아가지 못하는 거죠. 모든 사람이 그럴 순 없는 거니까요."

"…."

"그렇게 도망치면 어느 쪽에 불빛이 있는지도 알 수 없겠죠? 하지만… 하지만 당신은 남에게 상처 주지 않으면서 무작정 걸어가겠죠."

"…"

"당신은 기억 못 하겠지만. 전 잊지 못해요. 그럼에도 물방개가 헤엄치는 걸 보면서 행복해하던 당신을요."

"…"

"우찬 선배를 때렸던 날 떨어뜨렸던 책은 지금껏 멈춰 있지만 그래도 당신은 힘을 내서 살아가고 있잖아요. 그래서 이젠 알아요. 저 모노레일의 의미를…."

수연은 그 말을 한 뒤 모노레일을 함께 타던 날처럼 울었고 말없이 지켜보던 진환은 이내 어둠 속에서 천천히 걸어왔다.

"저도 잊지 못해요. 물방개를 보며 행복해하던 수연 씨의 모습을요. 그래서 곤충 박물관을 떠나지 않는 거죠?"

"…"

"시간이 많이 흘렀지만 지금도 전 믿어요. 당신과 함께라면 어떤 어려움이 있어도 이겨낼 수 있다고….."

"…."

"물방개는 저의 추억 속에서도 수연 씨의 추억 속에서도 열심히 헤엄치고 있었나 봐요."

"…."

"방귀를 뀌고 밑으로 도망가는 건 좀 마음에 안 들지만요."

"진환 씨…."

"멈춰 있는 게 아니에요. 지금 제가 어떤 삶을 살고 있어도 그날 두고 간 책은 수연 씨 곁에서 언제나 날개를 펼치고 있어요."

그는 어둠에 삼켜진 박물관을 바라보며 독약이 사라진 유리병을 가득 채울 그곳에 깃든 많은 시간들을 떠올렸다.

"지금도 늦지 않았다면 약속할게요. 설사 우리가 압정에 찔려 앞으로 나아가지 못하고 불빛을 찾을 수 없다 해도 그런 삶을 지키겠다고요. 포기하지 말자는 우리의 약속을 지킬 수 있도록 다시 기회를 주실 수 있나요."

수연은 살며시 모은 두 손을 가슴에 품으며 고개를 끄덕였다.

매표소에서 지켜보던 희원은 어딘가로 눈빛을 보냈고 신호를 받은 남자 직원이 차단기를 올리자 모노레일 타워의 조명이 환하게 빛났다.

"모노레일이…."

희원은 급한 듯이 말했다.

"지금 몰래 틀었단 말이야. 나 잘리는 거 보기 싫으면 빨리 타."

"희원아…."

어렵게 도와준 사람들의 마음을 전해 받은 진환은 저 앞에서 조용히 기다리고 있는 모노레일을 응시한 뒤 수연의 손을 살며시 잡고 걸어갔다.

"수연 씨…."

"네?"

"우리 그때 탔던 자리가 어디죠?"

"글쎄요."

고민하던 진환은
소중한 사람들과
자신을 막아서던 사마귀와 귀호를 떠올렸다.

"우리는 어디에 앉아도 남을 상처 주려는 자들을 앞으로도 계속 만날 거예요. 그래도 괜찮아요?"

"네, 얼마든지."

  수연은 진환의 손을 꼭 잡았고 가슴을 설레게 하는 모노레일의 시동소리가 산속에 울려 퍼졌다.
  두려움과 공포를 넘어 사랑하는 사람들을 향해 달려갔던 그날처럼.

에필로그

1989년 7월 10일 월요일

곤충들의 울음소리가 여운처럼 깔린 즐거운 아침, 많은 감정을 인내하는 듯한 표정의 전우 선생님이 교실로 들어와 학생들에게 좋은 소식을 전했다.

"얘들아 병원에 입원했었던 구름이가 돌아왔다. 들어오면 큰 박수로 맞이하는 거야."

"정말 왔어요?"

"이제 들어와도 돼."

그러자 목발을 짚고 구름이가 천천히 들어왔다.

"얼마나 기다렸는지 알아, 구름아!"

반기는 친구들의 환호 속에서 귀호만이 조용히 그를 노려보고 있었고 구름은 친구들을 바라보며 말했다.

"안녕하세요. 그동안 저를 걱정해 주고 응원해 주신 덕분에 무사히 돌아올 수 있었습니다. 진심으로 감사드립니다."

"아니야, 우리가 더 고마운걸."

"제가 입원한 뒤로 이 학교엔 많은 일들이 있었습니다. 소중한 친구인 혜선이가 이사를 갔고 힘든 일이 있는 건지 진환이는 학교에 나오지 않고 있다고 합니다."

구름이는 그렇게 말하며 자신을 노려보는 귀호와 눈을 마주쳤다.

"하지만… 저는 그런 슬픔이 닥쳐와도 모두 받아들일 겁니다. 왜냐면 저는 어떤 일이 있어도 반드시 흘러가는 구름이니까요."

두 손에 잡혀 있던 목발들을 놔버린 구름은 귀호를 지나 자신이 공부하던 자리로 당당히 걸어갔다.

"흐음… 그런 건가? 더 강력한 올가미가 필요한 건가?"

얼마 전 반장 재선거가 끝나고 원기 선생과 전우 선생은 귀호가 그간 저지른 악행들을 밝히려고 했지만 교장을 비롯한 학교 관계자들이 쉬쉬하고 귀호네 집에 놀러 가던 학생들이 오히려 귀호를 감싸면서 상황이 전혀 생각하지 못한 방향으로 흘러가고 있었다.

그런 상황 속에서 구름이가 돌아왔고 귀호는 이사 가기 전 혜선의 모습이 쉽게 잊혀지지 않고 있었다.

암흑만이 가득한 흙길
바람에 흔들리는 벼들을
오케스트라 공연처럼 지휘하며
연설을 하던 그는
계획대로 반장 탈취에 성공하면
이 학교를 어떻게 타락시켜 갈지 고민하고 있었는데
자신의 사냥감이 나타난 것이다.

"집에 가는 거야?"

"어? 귀호네. 안녕…. 우리 교실에 찾아온 이후로 두 번째 대화지? 그냥 마음이 답답해서 걷고 있었어."

"그 진환이라는 친구랑은 이제 같이 안 다니는 건가…."

"어쩌다 보니 그렇게 됐어."

"너희 세 명은 이곳을 좋아했잖아."

"많이 좋아했지."

"그럼 셋이 아니라도 혼자서 놀 수 있는 거 아니야?"

혜선은 눈을 희번덕거리는 귀호의 머리 위로 펼쳐진 하늘을 올려다봤다.

"귀호야, 너는 하늘의 별을 바라본 적이 있어?"

"응? 그러기엔 시간이 부족해."

"저 별은 분명 아름답지만 닿지 못하잖아. 인연도 그럴 때가 있는 거 같아서."

생각지도 못한 소리를 듣자 귀호는 의심스러운 눈빛으로 주시했고 혜선은 슬픈 표정으로 말했다.

"난 너와 친구가 되진 못했지만 그래도 네가 저 하늘을 마음껏 바라봤으면 좋겠어. 그냥 그런 기분이 들어."

그 말을 끝으로 그녀는 인사를 한 뒤 자신의 동네로 향했고 홀로 남은 귀호는 잠시 고민하다가 답을 내렸다.

"그래 분명 못 닿겠지… 하지만 그걸 간직하려는 너희를 올가미로 잡을 수는 있어. 얼마든지 닿을 수 있지. 그런데…."

귀호는 그날 사냥감과 나눴던 이야기를 매일 되새기며 그때 느낀 이상한 감정이 뭔지 알고 싶어졌다. 그리고 하교 시간이 되자 예상대로 구름이 말을 걸어왔다.

"나… 다리를 다치고 병원에서 치료받으면서 많이 생각했어. 남을 함부로 대하고 상처를 주면서 어떤 죄책감도 들지 않는 게 인간이라면 우리는 과연 왜 존재하는 걸까라고 말이야."

또다시 등장한 자신을 알아보는 자.
귀호는 그것이 달갑지 않았다. 그건 적이 많아진다는 것을 뜻하니까.

"역시 올가미에 걸렸을 때 눈치챘군. 나무 뒤에 숨은 나를…."

"정체를 들켰다 싶으면 그때부터 눈치챈 사람에게 한 마리라고 부르는 게 너의 습관이야. 맞지? 공포로 압도하는 걸 즐기는 거야."

"그래, 한 마리… 잘 알고 있네."

"네가 얼마나 강한지는 몰라도 너보다 훨씬 강한 자들과도 끝없이 싸워온 게 인간이란 존재야. 중요한 건 악이 얼마나 강한가가 아니라 내가 무엇을 지키고 싶은지. 세상을 망칠 거면 그만한 각오는 해두는 게 좋아. 나와 함께하는 소중한 사람들이 너희 같은 놈들에게 상처받도록 놔두지 않을 거야, 절대."

에필로그

"역시 마음에 안 들어…."

1999년 6월의 어느 날

지아는 오늘 학교에서 열리는 바자회에 팔 물건을 종이 가방에 넣고 일찍 집을 나섰는데 누군가 자신의 앞을 가로막고 있었다.

"누구야. 비켜."

키가 크고 날카롭게 생긴 남학생은 안개 속에서 사악하게 웃었고 길을 비켜줄 생각이 없는 듯했다.

"너희 얼마 전에 여기서 전쟁 놀이 같은 걸 하더라. 보고 있으니 왠지 하고 싶어서 말이야. 다음에 나도 껴줄래?"

지아는 단호히 말했다.

"너는 결격 사유가 많아서 안 돼."

"응? 결격 사유?"

"너는 자격이 없어."

지아는 세준을 무시하며 지나갔고 방금 들은 말을 곰곰이 되새기던 그는 기분 나쁘게 웃으며 말했다.

"야 너네 집에 키우는 나무 살구인 건 알지?"

"그게 왜?"

"살구의 뜻은 말이야. 개를 죽인다야. 그런 걸 키우는 걸 보면 너도 결국 나랑 같은 부류가 아닐까 싶은데? 어때 나랑 같이 다닐래? 모든 걸 안겨줄게."

지아는 그 말을 들은 뒤 걸음을 멈추고 한 소년에게 주려고 주머니에 넣어놓은 살구를 꺼내 바라보며 말했다.

"바보야. 살구는 뜻이 또 하나 있어."

"응?"

"깨어 있다."

"좀 크게 말해줄래?"

"살구의 진짜 뜻은… 깨어 있다야."

그 말을 듣고 세준은 어처구니 없다는 듯 그녀를 비웃었다.

"그거 재밌네."

"난 아프고 슬퍼할 줄 아는 그 소년에게 이걸 줄 거야."

2003년 7월 16일 수요일 PM 12시

"관람객 여러분, 빨리 오세요. 꿀이 얼마 없습니다!"

용민은 사육관리팀에 찾아가서 연구도 좋지만 가끔은 유리관에서 벌들이 만든 꿀을 관람객들에게 선물하는 이벤트를 열면 어떻겠냐는 제안을 했고 그들은 흔쾌히 허락을 했다. 사실 그는 희원을 좋아하고 있었기에 뭐든 해주고 싶었다.

"여기예요. 희원 씨!!"

저 멀리서 그녀가 꿀 나눔 행사 부스로 걸어오고 있었다.

그런데 벌집이 귀엽게 담긴 종이컵을 든 어떤 남자가 희원 앞에 섰다.

"이거 드세요. 희원 씨."

"뭐야."

"남국 선배?"

설비팀에서 일하는 남국은 이때다 싶어 희원에게 점수를 따려 했다.

"저 사람도 희원 씨를…."

그는 종이컵을 건네준 뒤 괜히 헛기침을 하며 다시 박물관으로 향했고 용민은 불안한 눈빛으로 희원을 바라봤다.
예감이 적중했는지 그녀는 남국의 뒷모습을 애절하게 보고 있었다.

"앞으로 치열해지겠군…."

벌집 표면에 가득 차 있는 황금색의 꿀처럼 그들은 오늘도 달콤하게 빛났다.

2003년 7월 8일 PM 24시

박물관에서 하루 더 글을 쓰고 자취방에 돌아온 성훈은 화장실에 들른 다음 냉장고에서 빵과 음료수를 꺼내 컴퓨터 앞에 앉았다.
익숙하게 메신저에 로그인을 하고 정체불명의 그녀가 들어오길 기다렸다.

빵을 반쯤 먹었을까. 도라지꽃이라는 닉네임을 쓰는 그녀가 채팅방에 들어왔다.

----곤충 박물관은 어땠나요----

----즐거우면서도 슬펐습니다----

----네, 그거면 됐어요----

----궁금한 걸 물어봐도 되나요----

----해보세요----

----당신은 왜 이런 일을 하는 건가요. 갑자기 진환이라는 사람을 만나 곤충 박물관으로 가라고 하다니 정말로 간 저도 웃기지만요----

----제가 사는 동네는 뭔가를 감추고 있는 듯한 기분이 들거든요----

----그건… 부정할 수 없네요----

----혹시 인호라는 사람을 찾아볼 생각 없으신가요----

----그 말 할 줄 알았어요----

----뭐 그건 나중에 차차 얘기하기로 하고 그만 쉬세요----

----저기 제가 이번에 간추려 놓은 글이 있는데 메일로 보내드릴까요----

----그걸 왜요----

----무슨 일이 있었는지 궁금하지 않으신가요----

----하암~ 자야 하니까 빨리 보내줘요. 그럼 bye----

성훈은 입에 빵을 물고 종이에 적힌 내용을 이메일 창에 적은 뒤 보내기 버튼을 눌렀고 몰려오는 피곤함에 침대로 뻗어버렸다.

"힘내…."

----로딩 중 10%… 20%… 50%… 80%… 100%----
----이메일 보내기가 완료되었습니다----

제목: 다시 한번 모노레일

잘 알지도 못하면서 넌 의자를 끌고 와
온갖 투정을 부리며 젓가락도 못 들게 만들어
이제 먹어도 되는 걸까 눈치를 보는데
울면서 과거 속에 숨어버리지
그런 너를 내버려두고 버스에 올라타지만
친구들은 창문을 보며 아직도 너와 함께하고 있어

어디서 잘못된 것일까
찐 계란을 먹으려고 하는데 목소리 큰 사람 때문에 목이 막힐 뻔했어
조금 뒤에 도착한 휴게소
이번엔 우동을 15분 안에 먹으려고 해
이런 여행이 어디 있을까
꼭 오늘 죽으려는 것처럼 장난을 치지만
헤어지는 순간에 엿보이는 따듯함을 설명해 줘

떠돌아다니는 수많은 단어를 적어 내려가도
당신들의 마음을 표현할 길이 없는 거 같아

그래도 함께 어려움을 넘기 위해 달려가는 당신들을
개울가의 물방개는 영원히 기억하겠지

두려워도 공포스러워도

무서운 것들이 아무리 덮쳐와도

오늘이 내게 말하고 있어

다시 한번 모노레일이라고

내일도 떠돌아다니는 수많은 단어를 적어 내려가겠지만

당신들의 마음을 표현할 길이 없을 거 같아

소중한 무언가를 손에 꼭 쥐고 가슴에 품으며

걸어가는 그 마음을 표현할 길이 없을 거 같아

그래서 오늘이 내게 말하고 있어

다시 한번 모노레일이라고

지금도 가슴에 꼭 쥐고 있어

기억하고 있어

외롭게 빛나는 가로등 아래서

환하게 미소 짓던 당신을

1989년 7월 11일 화요일 AM 7시

여느 때와 다름없는 녹색의 풍경.
진환은 오늘도 자신의 앞을 막고 있는 사마귀를 바라보고 있었다.

저 냉정하고 흔들림 없는 째진 눈. 뭐든지 베어버릴 거 같은 낫처럼 생긴 앞다리. 왠지 모르게 소름이 돋는 긴 몸통. 거기에 당장이라도 날아올 거 같은 큰 날개.

여전히 겁이 났지만 진환은
제자리에 앉아 신발끈을 다시 고쳐 묶었고
사마귀는 날개를 펼치며 위협적인 자세를 취했다.

"지켜봐 줘…."

불빛이 없어도
압정에 고정되어 있어도
앞으로 나갈 수 없다 느껴져도
잊지 않을 것이다.

눈을 감고 소중한 사람들을 떠올린 진환은
주먹을 살며시 쥐고 가슴에 품으며
두려움과 공포 속으로 기꺼이 달려갔다.